华北抗日根据地及解放区文艺大系

陈晋 郑恩兵 主编

《晋察冀日报》
文艺文献全编

外国文艺

第二卷

张川平 编

河北出版传媒集团
河北教育出版社

图书在版编目（CIP）数据

《晋察冀日报》文艺文献全编．外国文艺．第二卷 / 张川平编．-- 石家庄：河北教育出版社，2023.12

（华北抗日根据地及解放区文艺大系 / 陈晋，郑恩兵主编）

ISBN 978-7-5545-7663-2

Ⅰ．①晋… Ⅱ．①张… Ⅲ．①文艺－作品综合集－世界－现代 Ⅳ．①I11

中国国家版本馆 CIP 数据核字（2023）第 043831 号

书　　名	《晋察冀日报》文艺文献全编·外国文艺·第二卷	
	JINCHAJI RIBAO WENYI WENXIAN QUANBIAN WAIGUO WENYI DI-ER JUAN	
编　　者	张川平	
责任编辑	郝建东	
装帧设计	郝　旭	
出　　版	河北出版传媒集团	
	河北教育出版社　http://www.hbep.com	
	（石家庄市联盟路705号，050061）	
印　　制	石家庄众旺彩印有限公司	
开　　本	787毫米×1092毫米　　1/16	
印　　张	12.75	
字　　数	159千字	
版　　次	2023年12月第1版	
印　　次	2023年12月第1次印刷	
书　　号	ISBN 978-7-5545-7663-2	
定　　价	78.00元	

版权所有，侵权必究

丛书编委会

顾 问

陈平原　刘跃进　王长华　李　扬

编委会主任

吕新斌

编委会副主任

彭建强　孟庆凯　刘　月

主　编

陈　晋　郑恩兵

副主编

董素山　向　回　汪雅瑛

编　委（按姓氏笔画排序）

马春香　王少军　田浩军　包来军　吉　喆　刘书芳　刘贵廷
关小彬　杨　程　杨春生　宋少净　张　辉　张川平　赵　华
高露洋　郭义强　阎晓宏　梁晓晓

编纂说明

在中国共产党百年发展历程中,文艺始终是党领导人民开展进步事业的有机组成部分,是党在各个历史时期的中心工作的实时反映和重要推动力量。"华北抗日根据地及解放区文艺大系",是一部全面展示抗日战争和解放战争时期华北地区党的历史创造、奋斗风采和形象建构的大型革命历史文艺文献丛书,对于深入研究华北地区革命文艺史、红色新闻史,弘扬伟大建党精神、梳理中国共产党人精神谱系,是必不可少的第一手资料,是我们在新时代坚定树立文化自信的重要思想资源。

一、编纂缘起

抗日战争及解放战争时期,华北地处各方政治与文化力量激烈博弈的前沿,这种特殊政治、军事、文化、地理环境中产生的革命文艺,具有鲜明的地域性特征,是五四新文化运动以来的革命文艺发展史上的突出标识。

但一直以来,由于史料文献整理不足,对华北抗日根据地及解放区文艺的研究,始终未能深入,其独特的地域性实践价值和蕴含的文化创新意义被严重遮蔽。这些史料文献主要以党报党刊的形式呈现，梳理汇编这些党报党刊中的革命文艺史料，借之以探索华北革命文艺的发展路径、发展方向、创造机制和创新经验，是深入贯彻习近平总书记关于"把红色资源利用好、把红色传统发扬好、把红色基因传承好"，"用好红色资源、赓续红色血脉"等系列重要讲话精神的有力举措，也是新时代文艺研究者不可推卸的责任。

2017年6月左右，我们去中国社科院文学所拜访时任所长刘跃进先生，协商合作研究事宜，寻求中国社科院文学所的帮助。请教过程中，刘先生建议我们结合地方特色，做好地方红色文艺文献的搜集整理与编纂出版工作。经过一段时间筹备，2017年底，我们以"河北红色经典系列丛书"为名，正式申报"2018年度河北省省级宣传文化发展专项资金"项目并成功立项，旨在通过选定刊行河北红色经典作品、梳理汇编河北红色经典研究资料、系统阐述河北红色经典发展历史等基础性工作，打造一个集大成式的河北红色经典文献资料库。

项目最初设计共二十四卷，包括六大板块：《河北红色经典史》一卷、《河北红色文艺作品选》六卷、《河北红色经典作家作品索引》三卷、《河北红色经典研究资料汇编》四卷、《〈晋察冀日报〉副刊文学作品全编》六卷、《晋冀鲁豫抗日根据地文艺作品及〈新华日报〉太行版文艺作品汇编》四卷。但在项目实施过程中，我们充分吸收专家意见，认为网络时代和大数据背景下的科研活动有了很大变化，《河北红色经典作家作品索引》与《河北红色经典研究资料汇编》的编纂工作，在当前学术生态中价值不大，并予以取消。同时，在项目实施过程中我们发现，《晋察冀日报》《人民日报》等党报除刊发大量文艺作品外，还有大量记录边区文艺工作者行迹，反映边区戏剧、音乐、文学、美术、舞蹈、曲艺活动与报刊书籍出版发行等各方面情况的文艺史料，以及体现我党文艺方向、方针变化的政策文件与重要领导讲话，是华北地域党和人民对敌作战的重要宣传武器，更是飘扬在华北地区军民心中一面旗帜。这些史料是华北地域革命文艺发生、发展与壮大的真实记录，对我们正确认识革命文艺的特点与历史地位有重要的决定性作用。

为此，我们精心整理了《〈晋察冀日报〉文艺文献全编》《晋冀鲁豫〈人民日报〉文艺文献全编》《〈晋察冀画报〉文艺文献全编》《晋察冀日报社人物志》（共五十一卷），同时收入全国抗战时期和解放战争时期与河北地域相关且被广大群众所喜爱并广泛传唱的红色文艺作品，结集为《河北红色文艺作品选》（共六卷），至此形成丛书目前的五大板块，而且将名称由"河北红色经典系列丛书"改为"华北抗日根据地及解放区文艺大系"，方便以后在此基础上做进一步拓展。

二、地域范围及文艺特质

华北抗日根据地包括当时山东、河北、山西、察哈尔、绥远、热河全部及豫北、苏北、皖北部分地区，分晋绥、晋察冀、晋冀豫、冀鲁豫、山东五大块。1941年，冀鲁豫合并到晋冀豫，称晋冀鲁豫。其中晋察冀抗日根据地作为开辟最早、地域最大、人口最众的模范抗日根据地，是华北抗日根据地的坚强堡垒，牵制和抗击了三分之一以上的华北日军和二分之一的伪军。

在河北及其邻省周边地区开辟与创建华北抗日根据地，是红军长征到达陕北之后党中央迅速做出的重大战略决策。这些根据地地处对日武装斗争最前线，不仅打开了抗战的新局面，成为华北敌后抗战的主战场，而且进行了新民主主义社会的实践探索，对解放战争的历史进程产生了巨大影响，成为我党开辟东北解放区的前进基地和逐鹿中原的战略后方。随着抗日根据地的开辟，延安文艺工作团、西北战地服务团、东北促进纵队干部队、八路军总政治部前线记者团等大批文艺工作者，随同党政干部一道陆续抵达华北，东北、平津的青年学生也纷纷冒着生命危险来到边区。他们一手拿枪，一手拿笔，深入农村与抗战前线，切身体会工农兵的生活，深刻了解工农兵的需求，从而根本上克服了艺术至上主义思想倾向。所以，华北抗日根据地及解放区文艺，既响应了伟大的民族抗战对文学艺术提出的时代要求，亦充分兼顾到广大人民群众的接受习惯和欣赏水平，真实地反映了华北人民火热的战斗与生产生活。很多作者本身就是农民、战士或基层工作者，他们把自己的经历和熟悉的人和事，通过小说、戏剧、诗歌、报告文学、歌曲、绘画、舞蹈等文艺样式记录下来，语言通俗平实，富有生活气息。由于产生于特定时代、特定区域而又适应特定需要，故而无论是题材、语言还是风格，在体现革命大众文艺共性的同时，又具有强烈的华北地域特性。

华北抗日根据地及解放区文艺的繁荣发展，是专业文艺工作者与工农兵群众共同创造的结果。人民群众不仅是革命文艺运动的主导主体、推进主体、受益主体，还是一切成败得失的评判主体。华北抗日根据地及解放区文艺，归根结底，是"以人民为中心"的文艺。

三、学术价值

今天的河北在抗日战争、解放战争时期是晋察冀、晋冀鲁豫两大根据地的中心区域，有着悠久的革命历史传统和丰厚的红色文化底蕴。据不完全统计，抗日战争和解放战争期间，仅晋察冀边区专区以上就办有报刊四百余种，编印图书五百余万册。如果将这种统计扩大到环绕河北的整个华北抗日根据地及解放区，时间扩展至从中国共产党成立到中华人民共和国成立，数据更为可观。这些红色图书、报刊的出版发行，团结了一大批来自全国各地的著名革命文艺家和专业文艺工作者，其中有大量文艺相关信息，是研究近现代中国革命文艺的重要史料。但因受当时物质条件及复杂局势影响，它们传播范围有限，保存困难，如今已普遍出现老化或损毁现象，面临着消失、断层的危险。

长期以来，由于对抢救、整理和利用红色文艺文献的意义认识不足，现行的科研评价、出版机制亦难以有效刺激科研工作者积极从事老旧报刊等红色文艺文献的系统整理，大量有待整理的红色文艺文献尚未进入学界的视野。特别是华北抗日根据地及解放区的文艺文献，有很多甚至还是学术盲区。如《冀中导报》《救国报》《边政导报》《冀南日报》《团结报》《前进报》《新察哈尔报》《冀热察导报》等各类党报，以及《冀热辽画报》《冀中画报》《北方文化》《五十年代》《新长城》《新群众》《诗建设》《诗战线》等期刊，虽有部分学者对其办报（刊）历程、思想以及传播等方面予以研究，但均无系统的文艺文献整理本。"华北抗日根据地及解放区文艺大系"整理的《晋察冀日报》、晋冀鲁豫《人民日报》、《晋察冀画报》，是当时华北抗日根据地及解放区党报党刊的典型代表，是党的理论和实践同文艺结合的主要媒介和载体，是华北革命文艺重要的传播平台。这些报刊，既客观记录了华北革命文艺的传播与发展，也完整展现了华北革命文艺的特殊使命与风格特征，具有极其重要的史料价值。在此基础上，我们还会将视角延伸到《晋绥日报》《新华日报·太行版》《新华日报·太岳版》等党报，不断地充实这套大型文献史料丛书，以此来系统建构华北抗日根据地及解放区的"文艺史料学"。

四、丛书特色

这套丛书的编纂，主要以抗日战争及解放战争期间华北境内各根据地、解放区出版、发行、制作之图书、期刊、报纸等红色文献中的文艺资料为内容。编纂特色主要包括：

（一）抢救珍贵历史文献，弘扬伟大建党精神。

华北抗日根据地及解放区的红色文献发行于条件艰苦的战争年代，数量少，印制质量粗糙，历经岁月的洗礼，留存下来的品相完好者已经很少，有些到今天已成孤本。这些文献作为特定历史时期和区域的产物，见证了中国共产党领导华北人民争取民族独立和人民解放的伟大历程，反映了华北近代社会的巨大变化，蕴含着珍贵的史料价值和鉴往知来的现实意义，是中国共产党领导的文艺事业、新闻出版事业与意识形态建设发展的历史见证。它们诠释了党的初心和使命，蕴含着坚定的理想信念与崇高的革命精神，到今天仍然具有强大的感染力与说服力，是陶冶情操、磨炼意志，走好新时代长征路的有效精神资源。抢救性搜集、整理与研究这些珍贵历史文献，有利于增强党政干部政治信仰，弘扬伟大建党精神和践行社会主义核心价值观。

（二）文艺与党史密切融合，拓展革命文艺与党史研究的新视野。

革命文艺作品的创作、发表和传播，和党的历史任务和奋斗实践是分不开的。在艰苦卓绝的革命岁月，奋斗前行的中国共产党始终强调，既要拿"枪杆子"，也要拿"笔杆子"。革命的文艺工作者，一手拿枪，一手拿笔，深入农村与抗战前线，以人民大众易于接受和欣赏的形式，宣传党的政策，推行党的方针，为中国共产党顺利完成不同历史阶段的中心任务和伟大使命发挥了独特而重要的作用。本套丛书收入的文献史料，主要是抗日战争与解放战争时期党报党刊中的文艺作品与文艺史料，它们鲜明生动地体现了党的历史，党领导人民争取民族独立、人民解放的奋斗历程和精神面貌，从而为学界从文艺角度研究党史和从党史角度研究文艺提供了有力支撑。

（三）作品汇编与史料梳理并行，还原革命文艺的历史场域。

"华北抗日根据地及解放区文艺大系"的编纂，全面辑录华北抗日根据地及解放区党报党刊上刊登的诗歌、小说、戏剧、报告文学、散文、歌曲、版画等文艺作品，并系统梳理当时文艺发生、发展、传播以及社会各界文艺活动的各类消息和报导，同时选编了大量的河北红色文艺作品作为补充。这种文艺史料与文艺作品的配合整理，还原了革命文艺的历史场域，有利于构建对革命文艺的科学认识。

五、丛书内容

（一）《〈晋察冀日报〉文艺文献全编》共三十八卷：

诗歌三卷

戏剧一卷

小说二卷

文艺评论三卷

文艺史料九卷

外国文艺二卷

散文报告文学十七卷

歌曲版画一卷

（二）《晋冀鲁豫〈人民日报〉文艺文献全编》共十一卷：

诗歌一卷

戏剧、小说、文艺评论一卷

散文报告文学五卷

文艺史料四卷

（三）《〈晋察冀画报〉文艺文献全编》一卷

（四）《晋察冀日报社人物志》一卷

（五）《河北红色文艺作品选》共六卷：

诗歌一卷

戏剧一卷

散文一卷

小说三卷

六、编纂体例

（一）整套丛书题材丰富、门类众多，在体裁上不做强行统一。

（二）丛书中所录作品均为当年报刊发表的原文。为确保丛书的文献性、学术性、专业性和资料性，丛书编辑加工的总原则为保持文献原貌，内容上不做改动。

（三）文字的使用

1. 丛书中文字的使用以2013年教育部、国家语言文字工作委员会公布的《通用规范汉字表》为准。

2. 丛书中的古体字、通假字、俗体字，以及所涉及姓名字号、职官地理等专用字，均予保留。

3. 丛书原文字迹模糊残损，但仍可辨认或可依上下文校正，以字外加方框"□"表示；原文缺字或无法辨识，且无法校补，每字以一个方框"□"表示；如无法统计所缺字数，则以"▨"表示。

4. 丛书中数字的使用，保持原貌。

（四）标点符号及其他符号的使用

1. 丛书在不改变原文意义的情况下，将旧式标点改作现行标点符号。

2. 丛书原文中出现代表文字的符号，如"×""△""○""▲"等，保持原貌。

3. 丛书原文中的着重号、专名号等不再保留。

（五）其他

1. 丛书原文中的注释，保持原貌；编者亦出部分注释，供读者参考。

2. 因为原始文献本身产生于战争年代，保存不易，漫漶不清处较多，丛书疏误之处在所难免，希望专家读者批评指正。

七、鸣谢

本套丛书得以顺利面世，要特别感谢中共河北省委宣传部、河北省社会科学院、河北教育出版社的资金支持，以及北京大学陈平原教授、中国社科院文学所刘跃进研究员、南开大学文学院李扬教授、河北师范大学文学院王长华教授等，为丛书编纂提供了多方面的学术支撑；晋察冀日报社老报人及报史研究会诸位老师，中国社科院文学所现代室、中国丁玲研究会、中国现代文学馆各位专家，也在丛书编纂过程中提出了许多建设性意见；院内外的数十位年轻科研工作者，在原文录入和校对方面付出了艰辛劳动，确保了项目的顺利进行。在此一并致谢。

把艺术交给大众（代序）
——祝贺"华北抗日根据地及解放区文艺大系"结集问世

中国社会科学院　刘跃进

由河北省社会科学院文学研究所编纂、河北教育出版社出版的"华北抗日根据地及解放区文艺大系"结集问世，值得庆贺。

文艺是时代前进的号角。1937年7月7日，卢沟桥事变爆发，全面抗战由此而起。广大的爱国知识分子和青年学生，表现出同仇敌忾的民族气节，走出书斋，走出校园，用知识，用智慧，用不屈的精神力量唤醒民众，用实际行动担负起抗日救亡的历史重任。在此后的岁月里，延安文艺和华北抗日根据地及解放区文艺，是中国共产党领导下的两大主体，双峰并峙，展示着那个时代的风貌，引领了那个时代的风气。

随着抗日根据地的开辟，延安文艺工作团、西北战地服务团、东北促进纵队干部队、八路军总政治部前线记者团等大批文艺工作者，随同党政干部一道陆续抵达华北，东北、平津的青年学生也纷纷冒着生命危险来到边区。他们一方面积极创作大量街头剧、活报剧、街头诗、墙头小说、木刻版画、歌曲、舞蹈等革命文艺，开展抗日救亡宣传运动；一方面也通过开办文艺干训班，开展各行业、各阶层甚至全民的文艺创作与评选活动，吸引工农兵群众加入文艺队伍，掀起了"晋察冀一周""冀中一日"等具有深化性质的群众写作运动，以及"创造模范村剧团""穷人乐"等群众戏剧运动，为晋察冀文艺史添上了浓墨重彩的一笔。

　　说到这里，我想起2009年参加《北平学生移动剧团团体日记》捐赠仪式的一段往事。从1937年到1938年，在中国抗战史上唯一以大学生组成的"北平学生移动剧团"在长达一年半的时间里，历尽艰难，转辗于国民党第五战区的各个战场，演出话剧，创办报纸，宣传抗日，鼓舞斗志，谱写出响彻云霄的时代赞歌。移动剧团的成员每人一周轮流记述，用日记形式记录了那段不平凡的岁月，《北平学生移动剧团团体日记》就是这部历史的记录。它不是写给个人看的私密记录，也不是为将来面世扬名。作者完全出于一种历史责任，真实客观地记录了那段鲜为人知的历史，体现出强烈的史家意识。日记封面上有这样一段题记，"北平学生移动剧团·愿我永恒·中华民国二十七年二月二十三日始·璧华"。孤立地看这部日记，也许没有什么轰轰烈烈的战斗业绩，也没有什么感人肺腑的情感纠结。客观、平实是它的本色，正是这种本色，为那个历史年代留下一段真实。"北平学生移动剧团"的抗日活动，是文艺工作者投身抗日洪流中的一个历史缩影。

　　随着抗战的胜利，察哈尔省会张家口解放，晋察冀文协、晋察冀剧协、晋察冀音协、晋察冀美协、晋察冀通讯社、晋察冀边区剧社、晋察冀日报社、晋察冀画报社等文化团体随中共晋察冀中央局和军区领导先后开赴华北根据地，一大批文艺工作者也随之来到华北，开展丰富多彩的文艺活动。他们坚持毛泽东《在延安文艺座谈会上的讲话》中指出的方向，一手拿枪，一手拿笔，深入农村与抗战前线，既为切身体会工农兵的生活，也为深刻了解工农兵的需求，从而在根本上克服了自身相当普遍和严重的艺术至上主义思想倾向，为工农兵而创作，为工农兵所利用，以人民大众易于接受和欣赏的形式，普遍写人民大众的生产战斗故事。譬如左翼作家邵子南，于1938年10月随西战团到晋察冀，主持战地社日常工作，主编《诗建设》；1943年整风运动后，他到阜平任小学教员，在反"扫荡"中与群众、民兵一起转移、战斗，还直接在五丈湾跟随李勇的游击组对日寇展开地雷战；1944年5月随团回延安，在鲁艺任教，后调陕甘宁文协搞专业创作，开始大量创作反映晋察冀边区生活的小说。他以亲身体验为基础创作的短篇小说《李勇大摆地雷阵》（后改为《地雷阵》），运用阜平农民群众的语言，以口语化方式讲述了爆炸英雄李勇的抗日故事，明显吸取了民间说唱文学的优点，特别是在白话叙述中还插入不少快板式的韵白，更适合群众的喜好，因而在当时广为流传，家喻户晓，起到了很大的宣传鼓动作用。其他作品，如《荷花淀》《太阳照在桑干河上》《漳河水》《赶车传》《王九诉苦》《孟祥英翻身》《新儿女英雄传》《白求恩大夫》《我的两家房东》《穷人乐》《李殿冰》《戎冠秀》《没有共产党就没有中国》《团结就是力量》《没有土地的人们》《白毛女》等，都是成功的文艺典范，在现代中国文学史上占据比较重要的位置。

在华北抗日根据地及解放区的文艺创作成果中，还有数以万计的文艺作品和极具研究价值的文艺史料刊发在根据地及解放区所办的报刊上。很多作者，本身就是农民、战士或基层工作者。他们把自己的经历和熟悉的人和事，通过小说、戏剧、诗歌、报告文学、歌曲、绘画、舞蹈等文艺样式记录下来，语言通俗，富有生活气息。人民既是历史的创造者，也是历史的见证者；既是历史的"剧中人"，也是历史的"剧作者"。让故事中的人物自己编词、自己表演的创作方式，很好地反映出人民的心声，并让人民群众从生动活泼的艺术作品中得到教育，这确实是一个成功的尝试。

配合党的中心工作，"把艺术交给大众"，通过文艺唤醒大众，这已成为华北文艺工作者的自觉意识。他们积极响应伟大的民族抗战对文学艺术提出的时代要求，充分兼顾到广大人民群众的接受习惯和欣赏水平，创作了大量的作品，真实地反映了燕赵儿女火热的战斗与生产生活，起到了良好的宣传教育与鼓动激励效果。刘萧无编排新闻报道剧《李殿冰》，编剧与演员一起住到李殿冰家里，以便于熟悉主人公的生活，搜集真实生动的群众语言，还模仿他们的动作，理解他们的心理，甚至还让主人公李殿冰等直接参与剧本的修改和编排。描写群众的生活，邀请群众参与创作，这是当时文艺工作者走群众路线的生动体现。该剧演出后获得当地老百姓的极大赞赏，鲁中实验剧团还专门学习该剧的创作方法，创编了三幕五场话剧《过关》。艾思奇《前方文艺运动的新范例》更是誉其开创了前方文艺的新范例。抗敌剧社的《王老三减租小唱》、冀中火线剧社的话剧《我们的母亲》，也都具有这种特色。

这些文艺作品，可能略显仓促，有的甚至急就于战火中，所以在素材提炼、人物形象塑造以及语言的使用、细节的刻画等方面还有很多不足。但是，这不是一般意义上的创作，而是燕赵大地为争取民族独立、人民解放的集体记忆和行动号角，是中国革命事业的重要组成部分。华北抗日根据地及解放区的文艺，有很多这样未经沉淀的纪实作品，不管其艺术性如何，但在发动群众、组织群众、铸就抗击日寇和国民党反动派铜墙铁壁方面，发挥了无可替代的作用。20世纪五六十年代，河北地区涌现出大量的红色经典，便是华北抗日根据地及解放区文艺的传承和发展。

2017年6月，河北省社科院文学所郑恩兵所长来京与我们协商合作研究事宜。我根据所了解的信息，建议他们结合地方特色，做好地方红色文艺文献的搜集整理与编纂出版工作。"华北抗日根据地及解放区文艺大系"就是那次商讨的成果。全书由五个部分组成：第一部分为《晋察冀日报》文艺文献全编，第二部分为晋冀鲁豫《人民日报》文艺文献全编，第三部分为《晋察冀画报》文艺文献全编，第四部分为晋察冀日报社人物志，第五部分为河北红色文艺作品选。全书收录各种文体的作品六千余种，包括小说、诗歌、文艺评论、戏剧、报告文学、散文、文艺通讯、美术、书法和音乐、文艺史料，还有文艺信息、文艺广告，基本涵盖了华北抗日根据地及解放区的文艺创作情况，具有很高的研究价值。

时值中华人民共和国成立七十五周年之际，我们有机会阅读这部皇皇五十余册的"华北抗日根据地及解放区文艺大系"，更加深切地感受到新中国的建立真是来之不易，她是无数条战线的可歌可泣的人们不懈奋斗的结果。在这样一个特殊的日子里，我们感念当年那些有名无名的作者，感谢参与整理工作的学者，当然，更要感激我们这个伟大的时代。

目 录

诗 歌

向明天进军 …………………………………………… 3
渡河 …………………………………………………… 5

小 说

三个反法西斯的故事 ………………………………… 9
他仍然回来了 ………………………………………… 11
苏联一支女游击队的组织者:帕荷格娃 …………… 14
母亲 …………………………………………………… 17
"把我算作共产党员吧!" …………………………… 23
老水夫 ………………………………………………… 28
在哥萨克集体农庄里 ………………………………… 31
贴在墙上的照片 ……………………………………… 37
列宁与小孩 …………………………………………… 45
突破封锁 ……………………………………………… 47
向胜利前进 …………………………………………… 52
小孩子 ………………………………………………… 60
二十八个近卫英雄 …………………………………… 64
弟兄 …………………………………………………… 70
不朽 …………………………………………………… 76
多瑙河之歌 …………………………………………… 85
列宁和卫兵 …………………………………………… 97

列宁在理发室里 …… 99
保加利亚的节日 …… 101
美国的悲剧(节选) …… 107
怪物 …… 112
保加利亚的"索雅" …… 115
维兹达耶夫少校和他的传令兵 …… 120
英勇的孩子 …… 125
列瓦桥争夺战 …… 128

文艺史料

纪念布尔什维克报纸节 …… 135

文艺理论批评

拉法格论作家与生活 …… 139
恩格斯论现实主义 …… 141
谈战时苏联文学和英国文学 …… 143
戏剧家高尔基 …… 145
介绍文学巨著《战争与和平》 …… 155
我们的《真理报》 …… 164
苏联文讯 …… 169
论作家的业务 …… 171
现实主义与小说 …… 174
我怎样工作 …… 178

诗歌

向明天进军

——锻炼行军之一日

[日] 信田猛原 作　中国人 译

春风驰荡在旷野上，

太阳恰如月光似的白热，

麦芽青了，

农民青铜的腕是那么力强。

春天！春天！永久关闭了吗？

突然，

像雷般

从沉默里它挺起胸膛，

带着革命的原则，铁的纪律，

团结！紧张！活泼！严肃！战斗！

我们拥着反战旗，

我们负着重大的任务，

我们反法西斯的战士

前进，锻炼又前进！

为着理想

不断地进军，

向快要来到的明天，

自由和幸福的明天，

钢一般的战士，锻炼吧！

粉碎岩石，震动大地，

一直地前进。

光辉的和平爱好者,

胜利永远是我们的!

　　附记:偶见在华日人反战同盟晋察冀支部所编之《日军之友》十五号上有此诗,我觉得自己有义务将它介绍,不论诗如何,从这里我们中国人会听到日本人民的一些坦白的心声吧!我的日文程度很浅,仅试译其大意,如有错误之处尚希作者、读者一并教之。

一九四二年五月

(《晋察冀日报》1942年6月24日)

渡 河

[苏] 舍斯达科夫 作 付克 译

这里,

桥梁被破坏了,

日本的毁灭者,

以这样无能为力的敌视,

断了我们的道路。

桥梁拆毁了,

柱子折断了,

似乎一切都被堵塞了。

树木在那里

懒懒地冒着烟。

随风吹过来的,

是烧焦的恶臭!

但是,

我们的大胆的工兵们,

那样无比的勇敢,

和水搏斗。

啊!

桥梁修复了。

看!

"水手们"已抢渡过去。

沿着河上明亮的渡板,

修理者们,

持着褪了色的工具。

他们习惯了——

指挥河流。

前进，

前进！

雾包围了山峦，

悬崖峭壁，

无边森林，

消失在恐怖中！

但，

像我们的工兵一样，

我们勇敢地，

走过去；

通过了桥梁，

走向幸福的日子。

（译自《苏沃洛夫艺华报》）

（《晋察冀日报》1946年1月24日）

小说

三个反法西斯的故事

徐雉

一、把希特勒拖到疯人院里去吧

疯人院院长预先已经和那些疯子说好:"今天希特勒要来参观,来的时候大家都要高喊'希特勒万岁'。"后来希特勒来了,院长带着一个职员和疯子们出迎,所有的人都高喊"希特勒万岁",只有一个人不喊。希特勒心里很不高兴,便问院长:"为什么那个人不喊?"院长回答:"那些人都是疯子,只有他一个人不是疯子。"

二、墨索里尼永远站不起来

墨索里尼到一个小城镇的电影院去看电影,进去坐在最后的几排座位中。因为电影已经开映,在黑暗中他完全没有被人发觉。那天除了别的影片外,还映演法西斯党在罗马举行隆重仪式的短片,那一次的仪式墨索里尼也曾亲自参加过的。当他在银幕上出现的时候,所有的人都依照意大利的习惯起立致敬,只有那真实的墨索里尼还安逸地躺在椅子上。院中有人开始彼此窃窃私语起来。一个国民军兵士正想前来干涉那破坏秩序的人,那胆怯的电影院老板为顾全本院口誉起见,便跑到那坐着不动的绅士那里,命令他立即起立。他说话的声音很大,而且含有怒意,使全院的人都能听见,但是接着他又向那绅士俯首耳语道:"你知道的,这里一切的人都和你一样的想法,但是你总还是站起来的好。"

三、谁敢捕德国的鱼

有一个瑞士渔夫在波顿湖上捕鱼,可是那地方已经是德国领土。

守卫边界的德国哨兵发觉了这个,便喝住他:

"喂,朋友,从德国领土上滚开,到别的地方去捕鱼吧!"

"我只不过捉捉瑞士的鱼。"那瑞士人镇定地回答。

"哦,你怎么能知道这是瑞士的鱼!"

"德国的鱼明明有着一张比较阔大的嘴。"那瑞士人笑着说。

(译自《新的文选》(NORAK RESTOMATIO)及《无产者世界语讲座》)

(《晋察冀日报》1941年12月16日,《晋察冀艺术》副刊)

他仍然回来了

——一个日本兵投诚八路军的故事

[日] 浅井生 作　王斐 译

"你明明知道你是一个日本军人,为什么舍不得死,要当俘虏,还不自杀?真混蛋!"

威风凛凛地在审问着的宪兵班长,忽然站了起来,对准他的腮颊给了一个有力的耳光。

"啪!"从他的眼睛里冒出了一阵火花,刹那间他的眼睛变得漆黑一团,接着恍恍惚惚地倒在地板上,宪兵抓住了他的脖子。

拉了起来,又继续给了他两三个耳光,他用手掩盖着被打的腮颊,眼眶里充满了热泪,很惊恐的样子看着那异常憎恶的宪兵的脸肉,过了片刻,宪兵吐出了"滚回去"这样的一句话,他才摇摇晃晃地站了起来,无力地走到室外。

回到阴暗而肮脏的禁闭室里去的他,靠着墙角坐下了,被打肿的腮颊红红地凸了起来,发着强烈的高热。

两颊好像被刀割一样一阵一阵地痛着,黑暗的前途很凄惨地充塞着他的思想,热泪不可制止地流满了一脸。

我是不应该回来的……八路军的亲切感情又重现在他的眼前。

"伤还痛不痛","烟够不够抽","有什么不方便的地方请不客气地告诉我们",这些满含着慈爱的慰问,差不多天天都可从八路军那里听到。

但是他总是想很快地回到日本军队去,战士们的面貌、父母的慈颜,每夜都出现在他的枕边,于是有一天他要求回到日本军队去。

"如果你回到日本军队里去一定要被杀死的。"八路军所说的一些话他不能相信——他认为连互相厮杀的敌人都是这样的亲切,那么回到自己的军队去也一定会被欢迎的——因为我自己并不是自己情愿当俘虏的,而是战斗到最后的一口气不得已才被俘的。

经过几次的请求,他终于得到允许回到日本军队去了。可是日本军队并不是他所想象的那样好,当他刚回去的时候就被抓进了宪兵队,在那里没有一个人理他、安慰他。

今天的审问他没有一点隐藏,原样地说了出来,可是现在的情况是他所得到的结果,在所谓"敌人"的八路军那里并没有当作俘虏看待,相反地回到日本军队来却饱尝了囚犯的苦味。

"我成了俘虏,的确是一个俘虏了。爸爸!妈妈!我应该怎样办才好呢?对于出征的时候抱着真诚的赤心来欢送我的亲友们,我哪里还有脸去见他们呢?自杀——除了自杀之外再没有可走的路了。"他这样想着,将室内的四周用眼角瞟了一下,新煤烟熏黑了的天花板上有几根结连的蜘蛛丝垂了下来,潮湿的气味不断地刺激他的眼膜。他在墙上挖了一个小窟窿当窗户,从这样的窗口里透进了一线微光。

自杀的决心下定了,他渐渐地安定下来。

谁把我弄到了这样的地步?如果没有这个战争的话,我一定能够很快活地过这一生的,可诅咒的战争呵!……日本为什么要同那样亲切的八路军打仗呢?为什么叫八路军做"匪贼"呢?国民被随便地拖进了战争的旋涡,说是为日本去拼命,去流血,可是不幸当了俘虏的人又回队了,为什么还要叫他自杀呢?为什么还要叫他"俘虏""罪人"呢?真是岂有此理!……他不禁沉没在无边的深思里,几天后,他被送到军法处的路上他又跑了,重新回到八路军那温暖的怀抱里。

他现在已经是日本工农学校的一个学生,他现在的生活充满着希望、光明和快乐。(新华社延安电)

(《晋察冀日报》1942年7月16日)

苏联一支女游击队的组织者：帕荷格娃

在苏联沦陷区一个乡村里，一天下午，从前俄国地主喀里曾带着他的老婆，与德国军官一起坐着汽车，来到他从前的家门口。可是这幢房屋现时已变为婴儿院，其中还有十二个青年妇女与自己的婴儿在一起躺在床上，因为她们来不及逃跑，个别妇女还正在生小孩儿。老年医生阿洛佐夫不愿意使婴儿们听天由命，便留着照护他们。

德国这个法西斯军官来到后，便叫这位医生在十五分钟内把房屋腾出来，地主喀里曾与他的老婆于是把老年集体农民巴霍罗夫叫到跟前，命令他把一切有劳动力的农民集合起来，以便分配工作。巴霍罗夫皱起眉头道："你把我拉到墙角吊死好了，无论是谁，都不给你这狗贼做工。"喀里曾暴跳起来，动手毒打巴霍罗夫。这位老年农民起来反抗，德寇军官马上举起手枪把他打死了。

站在栏杆外面的一个妇女曾大声叫喊了一下倒在地下。

地主喀里曾望着老年农民的尸体大声叫道："凡是企图反抗的都是这样地惩办的，我们是要把暴动分子杀尽的。"从栏杆外面立刻发出声音："你是杀不尽我们的，我们也是长了□□！"地主的老婆曾疯狂地向前冲去□打叫喊的妇女，并叫德国军官帮助她。当德寇还来不及应声时，她就被打倒在地上，那个妇女不见了。

她就是老年集体农民巴霍罗夫的儿媳帕荷格娃，她的丈夫和两个儿子都自愿到前线杀法西斯去了。

十五分钟已过去了，老年医生实在想不出办法，因为全体产妇是不能动弹的。德寇军官见命令没有执行，就大骂几声，把老年医生毒打一顿。一群闯进来的德寇开始把病人一个一个丢到院子里，妇女们高喊反抗，可是没有什么用处，都被拖出来了。法西斯凶手然后把刚生下来与几小时以前生下的婴儿从窗口抛出去了。

老年医生气愤万分，冲到德寇的军官跟前，高声大骂道："你这下贱凶手，吃人的匪徒，跑来杀害刚生下的人，你是否知道连老虎也不动刚生下的婴儿！"德寇战士马上把他抓住，按照军官的命令割掉他的耳朵，打掉牙齿，一把一把地把他的头发拔掉；可是老年医生连一声也没叫喊，然后法西斯把打得体无完肤的老年医生、把躺在地上的妇女与几个刚生下不久的婴儿都活埋了。天已黑了，德寇军官与战士吃了晚饭后，就在婴儿院内睡下了，由于干血腥勾当而疲劳的一群野兽很快睡着了。只有地主没有睡觉，他只是在房外散步，设想甜蜜的生活，有时向花园观望一下，有时向四处观望动静。忽然他止住脚步凝望花园，□有所发觉，后来他自言自语道："大概是我神经错乱了吧，居民们都睡了觉，连狗都没有动。"便不经意地继续散步。

可是全乡居民□□没有睡觉，帕荷格娃组织了三十多个妇女，带着步枪、手榴弹、斧头、铁镐——这都是她丈夫与儿子快上前线时在地窖内隐藏起来的武器，这些妇女决定不惜任何代价为被残杀的婴儿母亲报仇。她们在深夜暗地里从四面八方把房屋包围起来了，帕荷格娃在前面爬行，决定在喀里曾散步时毫无声息地把他杀死。这时另一队爬行的妇女接连向德寇住的房屋内投掷了几个手榴弹，所有未被炸死而逃出房外的德寇，都被女英雄们用步枪射击，用刺刀刺，用斧头砍死。她们把德寇与地主老婆杀得一个也没有剩下。可是德寇军官还在凉台上放枪射击，帕荷格娃命令不要把军官打死，要活活捉住送给游击队。有一个妇女毫无声音地爬上凉台，突然从后面开枪，就把军官打倒，而在后方跟着的妇女马上用绳子把他捆起来。

经过不久，德国铁甲汽车开到这个乡村，大概是离开这里二公里的法西斯司令部听到放枪的声音赶来援助；可是希特勒匪徒来到时，在村里连一个人都不见了，甚至儿童都完全运走了。法西斯气得要命，马上把乡村烧毁了，此后几天之内乡村周围没有什么动静，可是经过不久就听到德寇司令部被炸毁了，德军需仓库被放火焚烧了。有一天夜晚运送炮弹的辎重队正在过河的时候，桥梁突然飞到半空中去了。

  从此，每天都有游击队袭击下贱的法西斯，不管怎么所谓围剿搜索，始终没有成果。女游击英雄是不可能捉摸的，她们一直到现在还在英勇杀敌报仇，帮助红军，以便把祖国领土从法西斯铁蹄下解放出来。（莫斯科广播）

（《晋察冀日报》1942年9月25日）

母 亲

库岗诺夫 作　高君 蓝天 译

没有一个人记得亚历山德娜·德莱曼是否被邀请加入游击队的。有一天，游击队员们在小河沟那边帐篷附近看见她。她不是一个年轻的女人，穿一件羊皮大衣、一双长筒靴子，一条黑巾结在她下颈底下。她从小就习惯做重活，便立刻问游击队的司令，她应该做些什么事？那司令笑着说：

"做我们的管家好吗？"

亚历山德娜卷起袖子，从近处小河里提回一罐水……就从那时起，她成为游击队里一个很精干的人了。当那些出去侦察的人回来时，她在火上烤干他们的靴子，她帮炊事员预备饭食，她擦枪、整理帐篷。她日夜工作，游击队里每个人都跟她亲近起来了。她开玩笑一样叫他们"我的孩子们"，虽然游击队里有一些已经是中年人了。游击队员们用所有名字中那最亲爱的"母亲"称呼她。

那是游击队成立的第二个星期，雪已经开始下了，硬的、冰冻的地面鼓出来。树林中那鸟雀的叫唤停止了，可是来福枪的噼啪声、机关枪的哒哒声像一根手杖划在木栅栏上的声音一样不断地响着。游击队突然袭击了敌人的运输队，消灭了从这个村到那个村的讨伐队，并且带回德国自动步枪、钢盔、大衣和一些弹药筒，游击队司令伯维尔·福敏正准备游击队来一个大的行动。

敌人正抽调若干装甲师向莫斯科做新的进攻。游击队福敏司令决定炸毁公路上的那座大桥，敌人正沿着这条公路移动，这样就阻止德国人前进了。他要一个有经验的向导，这人能熟悉森林中那些隐蔽的小路。因为运炸药到靠近林边空地那座桥上去是危险的。亚历山德娜自告奋勇，她愿意担当这个工作，她知道树林子左近一带正如她知道自己的家乡一样，不止一次她整日在这里走来走去，采着香菌叶子和编篮子的柳条。这里，离乌发罗夫不远，她跟她妈妈从前替地主干过活的，革命后，她上了乌发罗夫乡村学校，一直到最后，她还是叶里绍夫乡苏维埃主席。还有谁知道乌发罗夫森林比她更清楚的呢！司令同意，觉得她应该担任这项工作。

大路上那座桥当夜就被炸断了，正好德国坦克和运兵车在上面经过。游击队员们早上才回到宿营地，已经疲乏，又很饿，可是快活得像小学生，只有亚历山德娜一整天蜷缩在地壕的角落里，虽然用羊皮大衣把自己盖住了，却还是冷得直发抖，她脸色苍白，样子很烦恼，司令两次走近她，可是她都拉起大衣把眼睛遮住，假装□□睡着了。次日她天明起床，披上羊皮大衣，烧开茶水，整理好帐篷，便向游击队员们告别。她对司令说："我不能待在这里啦，身上没力气。我不愿给你添些麻烦，走了，我是觉得不好受的，可是……"

没有人知道亚历山德娜离开这里的真实理由，就在当晚，炊事员告诉游击队员们说……要生小孩子了。他说，那就是常常穿一件宽敞的羊皮大衣的缘故。她怕同志们一看出她的情形，就要替她操心，那次她领游击队员们炸铁桥，一路上就停下三次要休息，大家只得也停下等她，这里没时间老□□弄小孩子，所以亚历山德娜决定离开。

炊事员不讲了。爆炸的雷鸣使游击队员们想起正在野地里、大路上、森林中爆发猛烈的激战。这些战斗仍不能使这个普通的而又在怀孕的烦恼时期的女人有所恐惧。下一班侦察组被指令去寻找亚历山德娜，并要为她的安全和舒适做一些布置，可是侦察员们没有找到她。刚过一个星期，游击队员们听说她已经被捕了，绑着手脚被带到乌发罗夫城中，那驻扎在一所大的新学校里的德国司令部去。

游击队有十天左右没有再听到关于她的事情了。一个游击战士的父亲，叫艾莱福木·纪冈珂夫的来报告说，他曾看见两个德国兵推着一具被打伤的尸首，经过雪地往小湖那边去，跟着把尸首丢进水眼里。当德国兵去远了,他捞起尸首,才认出那是亚历山德娜·德莱曼。

亚历山德娜是怎样落在德国人手里,她受□什么样拷问?在那时候没有一个人知道,当这一带德国兵被肃清以后,这事情才渐渐弄明白。亚历山德娜可怕的死难的遭遇是由几个女人讲出来的。她们在德国人占领乌发罗夫城时就住在那里,那些妇女就是安娜·麦娜叶娃、安娜·娃斯拉珂娃、叶富多卡·加林诺娃,她们都亲眼见她为国殉难,以及那些跟她关在一起的人讲的,她们一道被关在乌发罗夫城内一家印刷局院子里小房子中,而她们是想法逃出来的,也是由那个德国司令官的翻译,叫依林斯基的讲的,当红军攻克了乌发罗夫城,他就被红军逮住了。

好像亚历山德娜进城是在夜间,住在一位医生家里。医生劝她睡觉休息,就留在他家里,任何原因她是不能上街去的。亚历山德娜查看一下那游击队送给她的食物盒子就接受了医生的忠告。

她躺在床上三天,第四天有人来敲门,亚历山德娜窥视窗外,看见戴德国徽章的大兵已围上门房。她往肩上披一条围巾,出去开门。一个肥短的德国兵直冲进来,用拳头打她,打得很重,她摇摆了一下,几乎跌倒。两个兵捉住她,绑上她的两膀,她就被带到印刷局院中,然后被关进小房子里。

那里面她见到许多妇人,她们都站着,挤在一起,不许她们坐下,实际上也坐不下,那地方非常拥挤,亚历山德娜往墙上靠,手铐已把她的两膀弄肿了,可是她不声不响。夜里她被叫出审问,一个兵领她走到海塞队长面前,他是乌发罗夫城德军司令官,依林斯基担任翻译。"坐下。"

亚历山德娜走近桌子用十分平静的声音说:

"让我生下我的孩子,我还有三天的样子,以后你们再杀死我吧。"

海塞看住她,笑着命令士兵剥光她。她想拒绝,一个士兵用沉重带马刺的皮靴踢她,她跌在地板上,德国兵拉她站起来但又不许她坐下,海塞便道:"为了你的小孩子,告诉我们游击队在哪里,我们知道你是从那边来的。"

亚历山德娜沉默了一会儿,说道:"我什么都不知道,我决不愿意告诉你们任何事情,你们既捉住了我,我知道自己一定死,但是关于游击队,我什么也不会讲,你们拷问不出什么来。"

海塞于是就问:"你是共产党员吗?"

亚历山德娜摇摇头,回答道:"我还够不上。"

司令官就要求她,让她走过大街,指出她朋友们住的那所房子,要她光着脚、赤着身子去!只披一条披肩,若是她指出的房子越多,越有机会使她自己取得温暖。

两个德国兵带她进入一条黑暗的街中,冰冷的北风刺着她的身子,她只有把披肩更紧地裹在身上,不响地向前走去,她精光红肿的两脚踏着泥泞的冰雪。被带回司令部时天快亮了,士兵报告说,她不曾指出一所房子。她重新被丢进小房子里,难友们都为她的样子所惊吓,她脸色是青的。甚至,在不断射进昏暗狱中去的黎明的暗光中,她们都能看清自己变得何等衰弱与憔悴了。她想躺在别人送给她的大衣上,但是那看守大兵把每个人叫出小房子去,只留亚历山德娜在里面,叫她站着,一直站着。

她被关在小房子里,单独地、半伏着身子,没吃的、喝的,已经三天了。叶富多卡·加林诺娃有一次走到小房子跟前,带一块面包和一碗汤想送给她。她敲打墙壁,听到一种压制的呻吟声,叶富多卡忽然哭泣起来。她被捉住,挨了打,那面包和汤也被从她手里拿了去。

在第四天上,亚历山德娜又被带到德国司令官面前,她是□样疲乏,而且在如此巨大的苦痛中,竟至不大能动弹了。她的身体已冻得红肿,海塞重新问她:"游击队在哪里呀?桥是你炸的吗?"

亚历山德娜探问地盯住那司令官，好像要弄明白：他要她干什么。于是她说道："对的……一切都是我干的……"

她再不能说什么，就昏倒了。

几分钟以后，安娜·娃斯拉珂娃那时正走过那所房子，听见她惨叫。她从窗外看进去，见亚历山德娜正躺在地板上，两个德国兵正用枪杆子打她。那天夜里亚历山德娜分娩的阵痛开始了，她被带回小房子里去，被丢在精光的地板上。一整夜，附近的居民都能听到一个女人的尖叫和呻吟。他们全知道那是亚历山德娜·德莱曼。可是他们不准接近那个院子，否则会被处死，所以没有一个人能来帮助她。裸体、寒冷与饥饿，她的青肿和糜烂了的身子，她孤单无助地受着她分娩时的痛苦，但，在她自己心灵的深处她找到一股力量，这力量维护着□动物的生命火花，那小生命是贴近她心脏的。早上她生下一个男孩子，她在雪里洗干净那小身子，那是从墙缝里刮进来的雪，于是她就失掉了知觉。

当她醒过来，又发觉自己在司令部里，一条污浊的宽衫子围着她的身体，海赛对她说："只要你告诉我们游击队营地在哪里，你的小孩子就可以活命。"

亚历山德娜站起来，用睁开的大眼睛环视全场，然后说："留下那小孩子……他是完全无罪的……"

一个大兵用刺刀扎她，她停止了正讲的话，就突然大声喊叫："不行！你们不能够用血染透我们的国土！你们可以杀死我的儿子！但是我有更多的儿子！整个的军队都是！森林里都是他们！"

德国兵又打她，她的双腿站不住了。海赛亲自狂暴地用皮靴踢她，但这还不是她受难的尽头。

德国司令官要她带人到树林子里去，至少指出到游击队营地去的道路。她站起来，他们给她一件大衣和一双靴子，她不能走，所以他们把她放在雪橇上，艾莱福木·纪冈珂夫看见她领一群德国□向东去了,可是游击队营地是在西边的。夜里,她回来了,不如说是德国人赶她走过口城市的。她流着血,遍体是伤。在德军司令部,他们把她孩子的尸体指给她看。她忽然痛哭起来,自从她受苦难后,这是第一次。

她于是被推到门口外边,那里已经集聚了一群人,随着她们就被赶散了。亚历山德娜擦掉眼泪,好像怕眼泪会显出她的软弱。用急促的嗓音,她对众人喊道:"不要向这些畜生们低头!我们胜利的时刻就要来了!再见,我的朋友们……"

德兵中的一个用枪托子击打她,她摇晃了一下就跌倒在雪里,可是她又站起来,在德国蛮夷的手里,她的双脚光着,她的身体青紫,昏暗中她的声音重新响起来:"母亲们!朋友们!你们听见我说的话吗?我就要死在这些畜生手里了!我没有留下我的孩子!而且,我没有出卖我的信仰!母亲们,你们能听见我说话吗?"

德国大兵们赶开群众,拖亚历山德娜到院子里,拿刺刀刺她,又不断地打她扎她,直到她没有气为止。一个战士,一个苏联不怕死的女英雄牺牲了。

就是等到敌人全毁灭了,没有一个具有人性的人,没有一个会感到母性心脏跳动的女人会忘掉亚历山德娜·德莱曼最后临死的喊叫。她们也不会忘掉她这位母亲,她爱自由和祖国甚于爱她自己的孩子。

(《晋察冀日报》1945 年 9 月 12 日)

"把我算作共产党员吧！"

[苏] 戈尔巴托夫 作 赵洵 译

马克辛·阿芳纳西耶夫在自己的家乡过着和平安静的生活。他在拖拉机上工作，他追逐过一个姑娘，积下过买新衣服的钱。以后他结了婚。他有过小小平静的幸福、小小愉快的忙碌：关于拖拉机、劳动日、家庭、新的糊墙的花纸、留声机片子，等等。

就因为这些平凡的、日常的、琐碎的事情，像车轴在车轮上一样，这一切使他没有时间去考虑重大而主要的事：关于在人们中间自己的地位、在斗争中自己的地位。阿芳纳西耶夫就是过着这样平静的日子的。他是个好的拖拉机驾驶员、一个良好的丈夫、一个正派又不喝酒的人。

可是战争来了，德国人侵犯了我们的祖国。这些琐碎的家务已经推到远远的什么地方去了。如今在这□家庭——在祖国的头上，悬着灾祸。世界在冒着火苗，千百万阿芳纳西耶夫那样的人的命运正在被决定着。这是苏维埃政权存在与否的事，这是我们的幸福存在与否的事。

当马克辛·阿芳纳西耶夫在晨初的战斗中受了重伤，同志们小心地把他抱在胳臂上送到医务站上的时候，阿芳纳西耶夫不可惜他青年的生命、家庭和年轻的马露霞。

"唉，"他难过地嘟喃着，"唉，我没有来得及做一个共产党员。"

"同志们，"他哽声地说，"问问人们：我是忠实地完成了自己的任务了。大家都会说的。如果我死的话，我恳切地要求你们：把我算作共产党员吧！"

"把我算作共产党员吧！"这是活人和死人的要求。成千人要求这件事,在我们伟大而神圣的战争中,这是最憧憬而崇高的事业。

党委会书记、营政委乌斯其敬克从来没有像在这些日子里一样,这么多地工作过。

"在战斗前,在战斗中,群众要求接收他们入党,人们愿意做一个共产党员去投入战斗。"

于是乌斯其敬克和他的党委会,就直接在战斗的时候工作起来,在这战争的几天工夫里,被审查的送到这里来的入党请求书,比战前六个月中还多得多。

每天清早,党委会就出发到第一线上去。他们常常是徒步走去的,有的时候要爬着走。他们是处在重炮和迫击炮的火力之下。

在炮火连天的阵地之旁的小树林里的任何地方,在那干草堆旁边,或者就在田地里、战壕后面,党委会就开起自己的会来。□里,还有一个青年人——在炮弹的嘶啸声中还有点打□的摄影员刘布林斯基来帮助工作。他给被接收入党的人照相。需要迅速地准备好照片呵!

常常发生这样的情形,刘布林斯基刚刚把自己的照相机放在三脚架上,发出:"不要动"的命令的时候,敌人的炮弹就在附近落下来了,"打断了照相",于是摄影员和对象都被泥土埋了起来。这时候党委会就得赶快地转移他的"炮火连天的阵地"。现在,刘布林斯基已经工作得容易起来了。他已经习惯了炮弹,而代替他那放在三脚架上的老照相机,他已经有了一个"福·爱·德"牌的照相机了。

被接收的人就直接从第一线跑来参加党。在他们的脸上是战斗的烟尘,他们就坐在草上,心里很激动。有的是心神不安地咬着草棍,有的在一旁等着,吸着烟。他们生命中伟大的时刻在完成着!他们成为共产党员□的了,他们又从这里回到战斗中去,然而他们走开的时候,已经成了另一种质量的人们——布尔什维克了。

虽然周围都在响着战斗的音乐,然而党委会进行得尽可能地严格而庄重。入党人的历史简单地被分析、研究,他的生活被考量、权衡。他是否够得上布尔什维克的崇高的称号呢?党委会的委员们都很追究而注意地对待它。

然而一个有决定意义的问题是向每一个人提出的:"你仗打得怎么样?你怎样保卫着祖国?"

瓦西里·科巴契夫斯基把自己的指挥员、自己的党的组织委员□尔科夫斯基放在肩上,扛了七公里。四周都是德国人,德国人追过来了。可是科巴契夫斯基,并没有丢掉受了伤的党的组织委员,把他放在左肩上,带出来了。而在右肩上,科巴契夫斯基又放上他的步枪,还要不时地还击。他这样把他扛了七公里,到了一个附近的小镇子。但是这镇里已经有德国人了,科巴契夫斯基怎样在这里找到了大车,怎样从德国人手里逃出来,而且把□尔科夫斯基带回来了呢?简直是奇迹!然而他们俩人都在这里,在自己人中间了。这个战士和党的组织委员直到这时候,科巴契夫斯基才发觉自己也受了轻伤呢!

现在他们接收瓦西里·科巴契夫斯基入党了,当这个侦察员一从装甲车上下来,人们就问他:

"你仗打得怎么样?怎样保卫着祖国?"

他窘得很。他觉得他还没有做过任何英雄的事。

"我将要打得好些。"

"谁介绍呢?"

科巴契夫斯基穿过敌人的包围圈,扛了七公里的党的组织委员□尔科夫斯基,能给他最好的介绍:这是被鲜血所鉴定过的。

现在巴威尔·□尔比契站在党委会的面前。他才二十岁,一个乌克兰——青年的战士。

工兵□尔比契在战斗中已经被识别出来了。

他在敌人炮火之下的一段地区上埋地雷。他以少有的冷静做了自己的工作。敌人向他那里打，打他那致人死命的地雷——他继续工作着。一直到埋了最后一个地雷，他才走开了。

"听说，在你埋的地雷上爆炸了四辆德国汽车和一辆坦克，是吗？"

"不知道。"□尔比契窘了起来，"人们那样说，我自己也没有看见。"

工兵是很少能看到自己的英雄劳动的结果的。

通讯联络员及古来·□耶夫被接收入党了。昨天他才受了奖，今天便入党了。□耶夫是一个电报员。这工作本不适合他的性格，可是他冲入炮火中前线上，当场在最激烈的战斗中，自愿地带着卷框去张线。他知道——他知道，只有英雄的、勇敢的战士才能成为共产党员。他忠实地取得了这最崇高的称号的权利。

所以科巴契夫斯基、□尔比契、□耶夫被接收进联共党（布）的队伍，他们从草地上站了起来，愉快而兴奋。

"呶！"乌斯其敬克对他们之中的每一个人说，"你们能说明党对你们的信任吗？"

"我们要说明的。"

"为了祖国，你们不会舍不得你们的生命吗？"

"不，舍得的。"

这声音就是宣誓。他们从这里到战斗中去了。不，他们为祖国不会舍不得生命的。

八月十九日青年团员鲁西诺夫被收到党的队伍里来，九月四日，他英勇地牺牲了。这样的死，人们要歌唱的。

"青年团员们到我这里来！"他喊。

接着他和二十个青年团员投入激烈的最后的冲锋里。这是卡霍夫加战□中的事。在那古老的卡霍夫加的歌谣里，诗人加上新的几行关于共产党员鲁西诺夫，这在战斗中倒下去的像一个布尔什维克般的人物。

在这严重的战争的时日里，战斗员和指挥员们潮水般地涌进了党。他们把自己的命运更结实地和布尔什维克党联系在一起。他们知道：现在成为一个共产党员，是一件困难而负责的事。他们都被这种责任感欢欣鼓舞。他们知道：现在成为一个共产党员，就是战斗在所有人的前面，比所有人都更英勇、无所恐惧。他们正是向这一方向准备好了的。他们不怕死，乃至于鄙视它。他们相信胜利，而且准备为它而献身。

这样的人民是不可战胜的，这样的政党，是不可战胜的。（译自红军总政编《伟大的卫国战争》）

（《晋察冀日报》1945年9月13日）

老 水 夫

科热夫尼珂夫 作　赵洵 译

前年集体农民们挖了一个池，塘堰堤上栽满了白桦树。他们花了两千卢布买了鱼秧，于是在池塘里，那重甸甸的亮晶晶的鲤鱼就繁殖起来了。

丹尼拉被委任做池塘的看守人，于是人们就叫起他"老水夫"来。

丹尼拉拔除了水苋菜，刷洗了那往贮水池里流的清凉的泉穴，拿糠麸饲养着鱼儿。

头一年，集体农庄就从这池塘里收入了一万一千卢布。

人们奖励了丹尼拉一架留声机。丹尼拉高傲起来，他竟不许女人们在池塘里洗衬衣了。

任何天气，丹尼拉都整天地钻在池塘里。他半裸着身体，满身贴着水苋菜和软泥。

月夜，他将那些奏手风琴的游逛的青年人从池畔赶走。"鱼儿需要安静，"丹尼拉喊道，"鲤鱼就像猪似的，是神经质的家伙。可是你们总在这儿喊叫。"

突然，人们说："德国人离这儿不远啦！"

集体农庄的农民们把自己的财产都装在大车上。一长列的大车，拖在那被秋天的泥泞所打伤的道路上。主席到丹尼拉这里来了。丹尼拉正躺在暖炕上呻吟着：风湿病折磨着他。主席没有能够说服他离开。当主席走了之后，丹尼拉从炕上起来，他在那已经变得孤苦伶仃的集体农庄里走了一遍，就走上了堤堰，坐在一棵弯曲的白桦树下面。他久久地、闷闷不乐地吸着烟，望着映照天空的一片池水。

德国军队就驻扎在农村集体农庄里面了。他们询问了丹尼拉一下,并没有伤害他。以后,他们派他去挖洋芋,把士兵用的铺草搬到茅屋里面去。他们一共只打过他两次,一次是因为他在军官面前没有脱帽;另外一次是因为他身上穿着短皮大衣,而当他们问他有没有冬衣的时候,他却说没有。

有一次,坦克纵队开到集体农庄里来了。他们把坦克停在池塘后面的小路上,而且把它们都伪装了起来。

丹尼拉从上边——堤坝上面观望着他们安置那些笨重的战车,他那多皱的、衰老的脸孔是镇静的。

晚上,他走进了那间住着一个军官的茅屋,脱了帽深深地鞠了一躬,说道:"如果您老爷喜欢吃鱼的话,我可以效劳。"

军官说:"大大地好!"

夜是黑漆漆的。他带着那在亚麻布里的渔具,向堤坝走去。叹了一口气,他拿了一把铁锹,沿着另外一道堤坝走了下去。在手掌上吐了口唾沫,开始掘起堤坝来。

黎明的时候,从小路上传来了德国坦克手的叫喊声、枪声。当哨兵□着机枪跑来帮助他们的时候,小路上泄了一片汪洋的水,那些坦克手就游泳在水面上,一面喊着救命。

在堤坝上,那已经变成没有水了的池塘的空落落的岸上,他们找到了丹尼拉。他已经是精疲力竭地坐在那棵弯曲的白桦树下面吸着烟,铁锹就投在他的旁边。军官下令枪毙丹尼拉。他们把丹尼拉推倒在桦树旁。他目不转睛地凝视着军官,严厉地问道:

"瞧这鱼怎么样?老爷!我是为你的好胃口准备的。"

他的头向池塘那边点了一下,在那软软的泥浆上,一条大鱼正在作垂死的挣扎。

军官不慌不忙地开了一枪,就扬长而去了。丹尼拉用肩头擦去那被子弹打穿了的面颊上的血,明朗地微笑着,建议着:"你忙什么呢?也许最好是把我吊死。要是我准把你吊起来,叫你两脚够不着地,叫你……"

他们把丹尼拉从堤上扔到下面去。他躺在软泥上,脸朝下,在他那宽宽的手臂旁边,曾是入睡了的亮晶晶的鲤鱼,啪啪地跳起来,好像融化了的金块似的。在上面的堤岸上站着我们俄罗斯的白桦树,它的枝条弯曲地赤裸着身子,没有树叶,可是它的健壮有力的树干是那么结实,无论是风雪、暴雨和严寒,都没有任何力量能摧毁它。(译自《伟大的祖国战争》)

(《晋察冀日报》1945 年 9 月 15 日)

在哥萨克集体农庄里

[苏] 萧洛霍夫 作　赵洵 译

在无边无际的顿河田野里，正忙着庄稼的收割，橡带轮拖拉机轰轰地响着，在那康拜因（注一）的环钩上头，一阵蓝色的烟雾和白茫茫的大麦的尘埃混在一起。小收割机哒哒地响，把那高大而稠密的大麦用机翅举了起来，看起来这好像是一幅和平的图画；可是不然，在一切上面，都印着严肃的战争的图记。人们和机器都按着另一种样子，猛烈而紧张地工作着。在村子广场上的拴马桩的旁边，都从马群中赶出来的闪着金光栗色顿河战马在嘶叫着。那晒得黑黝黝的年轻的骑者，戴着褪了色的骑兵军帽，向征兵地点跑去了。那些打捆子的女人们挺起腰来，久久地向他们挥着手喊道："哥萨克们，祝你们平安回来！把那些恶汉们往死里打，把顿河的深深的敬意带给布琼尼呵！"在草原的路上，载着新收下的食粮的大车，往粮仓地区赶去，那装着绿油油的像没有见过雨水的葱般的最上等的干草的挺大的两辆车，庄严地摇晃着。这一切，红军都很需要；这一切，都是为红军而做的。一切的思想都在那里——在前线上、在所有人的心上，只有一个愿望："快些把那万恶的法西斯毒蛇的脊椎骨打断吧！"一位上了年纪的哥萨克——集体农民，他手里揉着一个麦穗，微笑地说："不单是英国和别的聪明人和我们同盟，就是万物也向着我们，反对希特勒。你们看，今年的庄稼简直像童话里说的：谷子丰收，长得像车子辕粗，洋芋像车轮般大。春麦、向日葵、黍子正缺雨水，正好在收割前，像订下的货似的，就下了一场雨。这会对旱作物和别的庄稼可真是喜不自禁呵！一切都来帮助我们了！"集体农庄"布尔什维克之路"的邻近一块地上，驾驶员庞特尔·介林科夫的康拜因正在工作着。收割了的第一公亩（注二），打出了廿八公石（注三）的大麦，这是按净秤和在粮食比较潮湿和很少一部分尘土的情形下计算的。有些地方，每公亩竟达到三十至三十五公石的。康拜因一面走，一面要把收割物卸下来，于是就得等候□当的停车的工夫。在这短短的休息里，介林科夫看了看燃料箱，从梯子上下来，走在那刈了的猪鬃般的麦茬子上，然后到一边吸烟去了。

"要是需要去前方的话，替班的人准备好了吗？"我问他。

"当然！"

"谁呢？"

"老婆。"

"她能正正经经地换你吗？"

被太阳和尘土弄得黑黑的介林科夫笑了，那康拜因上的一个掌舵轮的年轻女子，从小栏杆上弯下身子来说道："我是介林科夫的老婆，是临时做掌舵轮的工作的，去年我干了驾驶员的工作，比我男人钱还赚得多呢！"

介林科夫的妻子显然说的不是实话，于是他就掌握起谈话来："要是得个坏结局，那自然她是可以代替的，"他不大乐意地说，"可是我们有另外的打算，我们一块到前方去。"

玛丽娜·介林科瓦，显然是那种愿意自己说完最后的话的人物，她打断了男人的话，说道："我们没有孩子，完全可以去打仗的。我会驾驶坦克，并不比男人坏。请放心吧！"

介林科夫忙着上康拜因，他没有浪费在闲谈上面的时间，集体农庄的全部五百四十公亩的大麦田，小收割机已经收了四百一十七公亩了。于是介林科夫忙着要补上空过去的时间。在罗斯多夫省，集体农庄的绝大多数，本年内完全采用了最简便的小收割机。他们没有等候庄稼到用康拜因收割时期，就用小收割机进行了收割，一方面节省

了燃料，一方面也加速了收获工作的过程。这种情形集体农庄斯大林式工作者里的一个集体农民，很巧妙地说明白了，他说："一开始了集体农庄我们就结束了沉重的劳动，苏维埃政权把我们从费劲的劳动中解放出来了，而现在有些青年人，他们必须用小收割机来工作，于是他们晚上就诉起苦来了，说腰都直不起来，这一切都是胡说八道，拖拉机替我们耕了，康拜因收下打好，这在平时都是很好的，可是既然德国人爬来打仗了，这就顾不上腰不腰的事了。我们应该工作到骨头节都发起响来，而且要用一切方法把燃料节省下来，送到红军那去，那里更需要它，那里人们利用它，能使法西斯的骨头节发响，把他们从里朝外地翻过来。"

好像是响应斯大林式工作者集体农庄的老年人一样，廿六库巴委员集体农庄的农民，瓦西利·索尔达托夫，堆的麦垛超过了定额两倍，他从麦场上下来，拧着那汗湿了的衬衫说："我们的敌人是无情而顽强的，因此我们要无情而顽强地工作。定额管它呢！……这里我们应该超过定额的！一旦我们上了前线，在那儿，我们将砍杀敌人，那是没有定额的！"在我到过的所有的集体农场里，有非常好的劳动纪律和公民义务的最高自觉性。孩子和老人都在地里干活儿，那些去年有过最低的劳动日的人们也工作着，而且毫无例外的，他们工作的情绪非常高，一点也不吝惜力量；布尔什维克之路集体农庄之第三突击队队长，华度里齐·里珂夫，听见了区里的一个工作人员的适当的夸奖时，答道："我们不能工作得□好，我这么认为：我们这会儿用劳动来保卫祖国，可是如果一需要我们将□□武器来保卫的，当几乎每一家□都有一个红军战士的时候，我们怎能工作得坏呢？就比如我吧，有两个儿子，两个就都在前线上：阿列辛塞是一个炮兵，尼古拉是坦克手，我虽然是老头子了，可是我也登记了人民兵役。在上次战争的时候，我在德国战场上受了肚子穿通了的伤，这颗德国子弹把我的健康糟蹋得不少,可是我还能干活儿,我和德国人是有账算的……这会儿我儿子正杀着他们,如果一需要我,马上就和儿子站在一排了!"

当他知道我要给《红星报》写文章的时候,便兴高采烈地接下去说:"请你经过《红星报》告诉给我的孩子和所有前线上的战士说,后方不会丢脸的,让他们一点也别放松那些法西斯们,让他们把这些人赶到棺材里去!叫我们的土地成为他们的漆黑一团的坟墓。"

在集体农庄走向社会主义之路的管理局里,只有一个不年轻的簿记员在工作着,主席正在地里头,村里连一个人影也没有,所有的人都在突击队里工作,在收割清理打麦场和运送粮食。簿记员停下看他的文件,约一分钟的样子,说道:"我的儿子在西战场上,他是现役军人,已经三年了,是一个炮兵指导员。有一回我写信给他说:'告诉我,你指挥什么大炮?'他答复说:'我活着健康,我给亲人们问安。至于大炮,亲爱的爸爸!没有什么可问的,这不关你的事!'"簿记员微笑了,带着满意的神气说:"这么说他知道……兵役的。在内战时期,我也到过所有的前线,在北方打过仗,在土尔克明杀过叛徒,反正需要打的人都打过。我现在参加了人民兵役。"

沉默了一会儿,他说:"我们村里有一百人左右登记了兵役,反正这会儿的战事是惊人的呀!家家户户有多少年轻人哪!我们的连成立起来了,就是在上了年纪的人们中,也有不少这样的人,他们能按时把大炮运到的。这简直是小马,而不是人们。他们都登记了志愿兵,可是这会儿不知道为什么不召他们入伍呢?这么说:咱们的力量可大着呢!就是想想这些,都觉得痛快的。"

集体农庄第三突击队用小收割机做收获工作,每一架小收割机上套了两头大阉牛,收割机的两翅举起来的东西,已经无法再多了,于是就很难从横板上把它□扔下去,因为大麦是又大又稠,赶牲口的女人热心地赶着大阉牛，那些强壮的年轻的堆麦垛的哥萨克，都顾不上擦那流进眼睛里的汗珠了。在休息的时候，我走近他们，我问："为什么他们把牛赶得像跑马似的呢？"一个堆麦垛的人说："我们的牛劳动惯了，它们不吃力，如果赶上快点跑，还更省力些。趁着我们在家，要赶紧着收割，不然一上了前线，女人们收拾这些庄稼就有点吃力了。"

接着马上就来了问题："什么时候召我们入伍呢？我们同伙的都收下了，不知为什么把我留了下来。为这个我真有点生气，难道说，我比别人不行吗？"这个集体农民姓波库萨耶夫，他是本地铁匠的儿子，是个身体结实、胸脯高高的小伙子，曾在红军里当过炮兵，从和其他人的谈话中才知道，这一个在不久以前还是坦克手。另外一个是曾在榴弹炮兵中队服务过的炮兵，第三个是高射炮手，第四个曾是我们最优秀师团里的骑兵，他们都是那□精选出来的人物，年轻、坚强、健康。一个愿望是很明白的——粉碎那被血腥和便宜的成功而冲昏了头脑的敌人。这就是顿河年轻的哥萨克——伟大红军昨天与明天的战士的愿望。这就是那些人们的愿望，他们的祖先曾在九世纪之中，把自己的鲜血溅洒在祖国边界，而从无数的敌人手中固守了它的人们的愿望。于是我记起了一个八十三岁的老□伊萨依玛尔珂维契·叶夫蓝其耶夫的与此相仿佛的话。他现在看守着集体农庄的打麦场，这曾是一个漆黑的七月的夜晚，在黑暗的天空上有着流星，这静静的老人的声音："我的爷爷跟拿破仑打过仗，他有时候讲给小孩子的我听。拿破仑在和咱们开战以前，在一个大白天，他把自己的亲信和将军召集在旷野里，他说：'我想征服俄罗斯，你们对这有什么话说？将军先生们！'而他们都异口同声地说：'这无论如何不可能，皇帝陛下。我们虽然是强国，我们可征服不了他！'拿破仑指着老天问道：'你们看见天上的一颗星吗？'他们说：'没有，看不见！大白天不可能看见他们的！'他说：'可是我看见了，他预示我们胜利！'就这样，他就领兵来打咱们了，进了宽敞的大门，可他是通过了小窄门走出去的，还是费死劲骑马跑出去的。咱们一直把他送到巴黎京城。我凭老头子的聪明想：德国的大头儿也是遇见了这颗糊涂星儿了！等到他们走的时候，我们要教训他。——一个窄窄的小门已经给他做好了！嘿！真窄呀！他能跑过去吗？老天保佑！别让他跑过去！从今以后，也叫别人永远不敢再效仿这样子吧！"

（注一）康拜因是一种又割又打的收获机。

（注二）一公亩等于一万平方公尺。

（注三）一公石等于十分之一吨，合中国秤二百斤。

（《晋察冀日报》1945年9月15日）

贴在墙上的照片

[日] 小林多喜二 作　江右书 译

这篇文章是日本最负盛名的左翼作家小林多喜二的遗作。小林是多年前被日本反动统治阶级所杀害而牺牲了的。今天日本人民大众在日共领导之下，仍然为解放自己而奋斗，而且革命力量日益壮大起来，小林的精神不死。为了纪念这位英勇的、革命的文化战士，特将他的这篇遗作介绍给为祖国而战斗着的中国广大人民。

——编者

一

"你认识这相片是谁？"

一走进食堂，在左边墙壁上，用饭粒凸凹不平地贴着一张很粗糙的好像从报纸上剪下来的照片。这大概是昨晚上谁开玩笑贴上的。

照片的前面，站着五六个女卖票员。有的夹着空饭盒子，有的还用牙签在剔牙。

"唉……？"

进来的女卖票员们也都挤过来看，可是没有一个人认识那是谁的照片。

"这是哪个家伙贴的？"

"真的，贴这么一张活像强盗似的照片！"

"贴一张冈田时彦（注一）的该多美哩！"

"不，我喜欢山内光（注二）！"

照片上是一个相貌很凶的人，臂膀有点耸起，眼睛在盯着大家，而且从耳朵下面还长满了一下巴的胡子。

大家都轮流不停地来看。

第三天早晨,当第一班的女卖票员们走进食堂时,看到照片的旁边用红笔写着"这是谁?"几个大字。

忽然有一个爱开玩笑的卖票员,从口袋里拿出一根短铅笔,一边用舌头舔着一边写了:"我的爱人!"在旁边看的人们都笑了起来。

"英姊!这个人好丑哇!"

可是到了中午,"我的爱人"上被画了两条红线,旁边写着更大的几个字——"这是我们的先锋渡政!"并且在"渡政"的旁边还加上两个大圆圈。

"WATAMASA?"(注三)

"TOSEI?"(注四)

"到底是谁呀?"

比先前更集拢了更多的女卖票员和司机们,在照片的前面叽叽呱呱地议论着。

站在大家后面的司机后藤说:"这两字不念 TOSEI,应该念 WAT-AMASA。"

"WATAMASA?"

"渡政——哦!我们的先锋渡政!"

此后,在这个"青色公共汽车公司"里,"渡政"这句话就非常流行了。照片也一直贴在那里。

过去,就在这面墙壁上,曾经贴过不知多少"驱逐反动干部,组织革命的反对派!集合到日本交运(注五)的旗帜下!""不要受现业员会、中正会、正义团(注六)的反动干部的欺骗!"等等"红的"标语。可是,每次都即刻被撕掉。跟着就来了警察和侦探——现在墙上还可以看出那些痕迹。

但是"渡政"的照片，也许因为不是"红的"标语的关系，好多次都一直贴在那里——每天从那面墙上盯着公共汽车的女卖票员们。

这时，"青色公共汽车"正酝酿着收买的问题。

二

五六天后，现业员XX支部会召开了。而第一个支部会是X支部。

报告结束后就进入讨论——和过去一样，主席还是那反动的"支部长"。在XX车库里，没有一个人叫他"支部长"。但只要说起"反动"，谁都知道是指支部长。"反动"已成了支部长的名字了。

正当开始讨论时，"反动"把手举了一下："有一个事件，要问问各位……四五天前，贴在食堂的那张照片是谁？"

大家都齐声地说："那不是渡政吗？"

"照片旁边不是写着的吗？……"

"据说是渡政的照片。"

"主席！那不是电影明星哟！"不知是谁说的，大家都被引笑了。主席制止大家说："那么渡政是干什么的，又是怎样一个人呢？"

"主席！你看到那张照片了吗？"不知是谁从后面高声地问。

"看到了。"

"那里不是写着有吗？"

"是的呀！"

"是我们的先锋战士咧……"

主席慌了，说："请大家静一些。"

这时副支部长叫了一声"主席！"

"呀！阿佐谷君！"

"对于刚才主席所提的问题,我想来说明一下……"

全场安静下来了。和支部长相反,副支部长在职工们中间有很高的威信。

"渡政为了我们工人阶级进行过最英勇的斗争,是我们工人阶级忘不了的那个最初的最残酷的白色恐怖'三·一五'的牺牲者,在基隆被杀害了的那个'渡边政之辅'。这样说来,我们诸位中间一定有人是知道的……"

"渡边政之辅!"

"哦!原来是那个人?"

"渡政——"

大多数人都只是看到照片旁边写的几个字,就口口声声地叫"渡政""渡政",谁也不明白到底是个什么人——可是,现在清楚了!全会又起了喧闹的波动。

主席说:"那么'渡政'原来是个共产党了……我们为什么要贴那样家伙的照片呢?"

"共产党?!"

"主席!我们现在干的工会的工作,不用说和共产党的工作是有区别的——可是任何时候都站在我们的前头,真正为了我们的利益在斗争着的却正是共产党……"

主席用凶毒的眼光注视着副支部长。

会场上又是一阵骚动。

"共产党为什么不好呢?"

"难道你'反动'好吗?混蛋!"

"渡——政!!——"

许多人嚷着,鲜红的血潮在沸腾。

主席说:"因为共产党被政府禁止了,所以不好。"

从后面一个人突然大声嚷道:"这一条是谁规定的?"

"这还不是完全为了资本家们的利益!"

"对啦!"

"完全同意!"

"我们工人阶级应该起来斗争!"

接着另外一个声音重复着:"我们工人阶级应该起来斗争!"

支部会陷入极端的混乱中……

食堂的照片前面被人们挤得水泄不通。现在人们完全被另一种感觉所吸引,眼睛分外发亮,脸庞都烧得通红。

"我们的渡政!"

"我们的先锋!"

可是,第二天"渡政"的照片不知被谁撕掉了。

三

这里,发生了问题。

几天后,开了干部会。在会上,"反动"的手下的一个书记提出了副支部长在支部会上发言记录,企图罢免和支部长意见不合的副支部长——除此之外,他们还制造了另一借口,就是说:以前《第二无新》(注七)还递送到"青色公共汽车公司"来的时候,副支部长阿佐谷曾向一个行动队员多要了两三份,分给女卖票员们看了。

现业员会的反动干部们把这件事当作一个大问题,决定对副支部长的不信任,并说副支部长是"全协"(注八)派来的潜在分子。

可是职工们都反对这个决定。车库里掀起了极大的骚动。

大家一致的呼声——副支部长有什么不可信任的地方?反动干部们说副支部长是"红的",可是"红的"为什么不好呢?你们说那个报纸不好吗?哪一点不好?那个报纸说的全是真话呀!那正是我们的呼声哩！所以那报纸就是我们自己的。副支部长把我们自己的报纸分给我们看有什么不对呢？副支部长的行动是完全正确的！

自从上次支部会上发生了"渡政问答"以来，"渡政"这个名字就深深地烙印在每个人的心上，由此大家对"党"和"全协"也有了亲切的关心，过去当全协的传单贴在墙上时，甚至卖票员和司机中也有人因为害怕而去撕掉的。可是现在已经没有这样的人了。——所以是非常滑稽的。结果倒是从害怕"全协"，畏惧"党"的反动干部们的口中，使得大家对全协和党有了关心。

大家都变了。

因此，在副支部长的问题上，大家马上团结起来了。

我们不能让反动干部们如此猖狂！用我们的力量——下层的力量来取消对副支部长的不信任决定！暴露"现业员会"的真相，驱逐反动干部们！

女卖票员和司机们一个跟一个地丢下了"车子"，集合在车库的待班室里。不知道的女卖票员来换班时，也就被吸引了进去。

"冲到干部会那里去！"

"找'反动'去？"挤成一团的女子们，叫嚷着跑上楼去了。

这时由于"收买问题"，又传说有开除人员的风声，所以大家特别兴奋。

"呀！""叫'反动'坐飞机！"（注九），大家一边叫着一边挤到门口。

这时，正当干部会中午休息。当支部长慌慌张张地把门一打开，就被众人紧紧地围住了。

"什么事啊？各位……各位……？"

"滚你妈的！""打呀！"女卖票员好像男人们一样叫喊。

支部长的身体在挤成一团的女卖票员们的肩膀和脸中间摇动着

——险些昏倒了。

"打呀！"男人们的喊声显得特别响亮。

"哇！——""呀——呀！——"

支部长的脸突然发红，又突然变得苍白……一瞬间，支部长的身体被吞噬在无数的肩膀和脸的中间，看不见了。

"哇！——""呀——呀！——"当喊声起时——支部长的身体又出现在人的波浪上面，美美地坐上了飞机。

□！——支部长的身子被摔在地板上。

"哇！——""呀——呀！——"无数的肩膀和脸……卷了一个大旋涡，压倒在支部长的上面……

胜利了的一队女子——又向楼下跑去。在队伍最前面的"调皮的"卖票员樱井加图子，拿着一张纸片在头上挥摇着，直向食堂奔去。大家也都跟在后面。

"调皮"的樱井加图子把挥摇着的纸片，用舌头舔了一口唾沫，垫起了脚跟，一下就贴到墙上去了。

"啊呀！"聚精会神地在看着的女子们，不由得叫了起来。

"真漂亮——"她挥动着手叫。

"万岁——""我们的先锋渡政！"

"妈的，原来是被那个畜生撕去了！"

大家看到夺回来的照片，都兴奋地拥抱起来。

长着满腮胡子，很凶的脸，耸着肩膀的"渡政"，被樱井加图子的口水湿了半个脸，从墙上俯视着大家。

  （注一）冈田时彦——日本男电影明星。

  （注二）山内光——日本男电影明星。

  （注三）WATAMASA——"渡政"二字的日本读法。

  （注四）TOSEI——"渡政"二字的日本读法。

（注五）日本交运——"日本交通运输组合"的简称。

（注六）现业员会、中正会、正义团——为反动分子所把持或组织的欺骗工人的团体。

（注七）《第二无新》——"第二无产者新闻"的简称。这是从原来的日本党的合法机关报《无产者新闻》被日本政府封闭（1928年3月）后发行的。

（注八）全协——"日本劳动组合全国协议会"的简称。

（注九）坐飞机——是将人抬起后，又摔在地上，使其受苦的戏称。

（《晋察冀日报》1945年9月16日）

列宁与小孩

A. 科洛洛夫 作　岳西 译

一个小孩从亚姆村庄里出来,他提着一个空篮子。乡村的道路、田野、河流以及过河的桥,对于他都是很熟悉的。在桥那边有一条小路通到山里去。在山上大树后面有一座白色的圆柱子的房屋。

离这座房子不远的地方,小孩追上一个穿着蓝布衬衫和拖鞋的人。小孩对他说:"那边是列宁住的地方。"那人便把帽从宽阔的前额往后移动一下,因为阳光照射,他眯着眼睛把这个小孩观察了一会儿。

"城里人,"小孩想了想又补充了一句,"我们这个地方是有名的,常常有人从城里到这儿来访问。"

"这地方是很好的。"穿着蓝布衬衫的人同意地答道。

他们并排走着。

小孩说:"我很想看看列宁。"

"为什么?"

"唔,'为什么!'就是这个样,要想知道他是一个什么样的人。"

"很平常的。据说是像我,唔,简直没有区别。"

"唔,是,怎么……没有区别!"

这人头向后仰愉快地哈哈大笑:

"那么,究竟是不相像。"

小孩望着他的衬衫和拖鞋:

"难道列宁出外时穿蓝布衬衫吗?他是穿黑色西装或者军服……"

就这样谈着话,他们不觉地就到了大树跟前。在这大树后面,就是圆柱子的房屋。

穿蓝布衬衫的人停住了脚问道：

"可是你叫什么名字？小孩，你往哪里去？"

"我叫米夏，我到农场采白菜。"

"唔，那么，你笔直去吧，我可要往这边走了。再会，米夏。"

小孩一个人走了很远。有一个女人拿着耙子在田畦的路上站着。当小孩走近她的时候，她倚着耙子问他：

"你在那里同列宁谈了些什么？"

小孩丢下篮子想回去追他。

可是列宁已经走远了。

(《晋察冀日报》1945年9月22日)

突 破 封 锁

E. 彼特诺夫 作　庄栋 译

　　这篇文章译自《国际文学》，据该刊编者说：作家 E. 彼特诺夫在他夭亡的前几天乘领航舰"他希肯特"号向悉瓦斯托坡尔城进发，突破了敌人的封锁圈，到达了这座被包围的城。又乘原舰回到海边一个据点，着手为《红星报》写短篇，描写这次远征。突然的殉职中断他的写作。下面发表的，是他的这一□未完的短篇。

领航舰"他希肯特"号所运用的战法将要收进海战教科书里去，作为突破封锁线奇袭法的一个模范。可是并不只是在教科书里这个故事要被记载，它将要永远生存在人民对壮烈的悉瓦斯托坡尔保卫者们的回忆里面，作为军事豪勇与人类精神宏伟、美丽的、可惊叹的范例。

　　人民确切地知道，他们是陷于一种什么困难境地的。他们决不用什么幻想来安慰自己。"他希肯特"号是去突破了悉瓦斯托坡尔的德国封锁线，卸下了一船军火，装上了妇女、儿童和伤员，又突破封锁，回到自己的根据地的。

　　在六月六日下午两点钟，狭长的浅蓝色的兵舰起了锚。气候是险恶的———海洋却绝对平静、光滑而且亮得像一面镜子，天空透明清朗，镶着一个巨大的火一般的太阳。料想较坏的气候对于试图冲破封锁是不可能的。

　　我听见一个人在桥上说："他们要逃脱太阳光，利用它作为掩护。"

　　可是还是静悄悄了好久，没有什么来冲破海洋与天空深奥的蓝色平静。

"他希肯特"号似乎很谨慎。水手们爱他们漂亮的船好像骑兵爱自己的马一样，如果在一年以前要他们作这种航行，他们是会很害怕的。舱面上、走廊上、下面甲板上塞满了箱子和袋子，就像它不是领航舰"他希肯特"号——黑海舰队中最精致最快的一只船，而是一只泄气的老货船一样。乘客们坐着的、躺着的到处都是。是乘客在海军兵舰上吗？有什么不大合适吗？在黑海上战斗到底的人民很久以前已经不再对战争的特性有所惊吓了。他们知道，箱子和袋子，现在对于悉瓦斯托坡尔的保卫者们是必要的，而他们所载的红军士兵将在他们的围困中给他们救援。

红军士兵驻扎在舱面上，并且即刻就工作起来。营的司令和政治委员在一起商量，发布命令，水手们看见这些从西伯利亚来、从来没有看见过海洋的海军士兵拖了一挺重机枪到船头去，然后另一些跑到船尾去。在船尾周围安放着雪亮的机枪，并且布置了他们的阵地，可以有准备地向任何一个方向开火。他们一上船，就已经把船看成他们所占领的领土，而周围的水则是为敌人所占领的领土。这样，他们按照军事科学的一切法则从每个角落来准备着保卫他们的阵地。水手们是快乐的。他们说："关照我们船上活泼灵巧的汉子们！"

水手和红军士兵们是亲密和睦地在一□线上的。

在四点钟的时候警报响了。一架德国侦察机在天空出现了，来了一阵稀薄的、拖着很长的金属的声音，就像振动着的□□很快地穿过心一样。高射炮吼叫起来，飞机就□□到蔚蓝中去了。现在数百双眼睛仍然更警觉地经过测距器、□□望远镜和□□千里镜注视着海洋和天空。在死一般的沉寂中船冲到前面去迎接不可避免的战斗。一小时以后战斗开始了。

我们倒希望鱼雷艇来袭击，可是海克尔式远程轰炸机起飞了，有十三架，一架接一架地从阳光之外飞来，经过船上的时候丢下了重

磅炸弹——在我看起来,有一点不慌不忙的样子。

只有一个人,在他手里掌握着这次远征的成功、船的命运和船上人的命运。"他希肯特"号的司令,第二级的舰长 V. N. 雅鲁辛科,一个中等身材、宽肩膀、浅黑色皮肤、煤黑色上□□的人不离桥一步。他用快的然而是克□□的步伐从桥的一头走到另一头。扭转自己的眼睛对着阳光,注视着天空上面,突然使自己□□在这破裂的刹那间用高而粗哑的声音喊道:

"船左边!"

"就是船左边——"舵手发出回声。

刹那间战斗发动了。舵手,一个高个子、蓝眼睛、优□的人开始拿他特别的敏锐来完成自己的责任了。他很快地扭转舵轮,船全□□□了过来。我们活在这一瞬间,可□□□□小说中"好像没有死"一句话,右□□□□□,船头前面或者船尾后面,在我□□□□上,从海里升起污浊的白色水浪和□□□。

"□船左边爆炸。"信号手报告说。

"好。"司令回答。

□□□□一刻不停地□□到三小时了。当几个海克尔式顺利地飞在船上轰炸我们的时候,别的几个就飞走重新装炸弹去了。我们期待着天黑正像一个沙漠中的人渴望着一滴水一样。雅鲁辛科向上□□□□,不疲倦地在桥上走来走去。数百双眼睛跟着他的动作一齐动作,他好像是很有权威的上帝。然后这位第二级的上帝在我旁边走过去,在两个炸弹落的地方之间,在冷笑中□了一□他的黑眼睛,露出他的白牙齿喊道:"究竟怎样!我会拿同样的来战胜他们!"

他表示得更为强烈,不过在海上战斗的时候不是说的每件事都□□□出来的。

德国人一共丢下了四十个重炸弹,大约四分钟一个。他们瞄准得十分精确,如果不是雅鲁辛科及时闪避的话,落在我们所处的地点至少有十个炸弹。

当最后一颗炸弹远远地落在船左边的时候,已经是完全傍晚带有暗淡的月光了。在十分钟或十五分钟之前我们所高兴注视的海克尔式已经封在淡红色的烟雾里,跟着太阳落到海里去了。

轰炸是过去了,可是紧张是□□□的,我们终于靠近悉瓦斯托坡尔了。这时已经天黑,一个大的满月挂在天空,我们船的阴暗面正对着月光的路开驶。我们从巴拉克仓瓦越过的时候,信号手喊:

"鱼雷艇到了船的右边!"

我们的枪开了火。但是在夜里要看得见鱼雷来闪避简直是不可能的。我们等待着,可是没有爆炸。显然鱼雷已经消失了。船开足了马力向前走,再也看不见鱼雷艇了,也许我们已经越过他们了。

最后,在月光中我们看见了伸展出来的有悬崖的海岸,这是所有我们苏维埃国家现在正以自豪与慰问所关切的地方。我们知道,整个战线的悉瓦斯托坡尔扇形阵地是多么小,可是当我从海里看见它的时候,我的心缩了起来。它看来这样小!炮火不停地爆裂给它画下了明显的轮廓。它被框在一个大的弧形里面,你可以不用掉头就知道它的一切。探照光不断地横在天空中摇动,沿着它们的箭头,探准弹的火光慢慢地向上□。当我们停泊在码头的时候,机器的□声停了下来,我们随时听见几乎是一刻不停的炮声的雷鸣。一九四二年六月的悉瓦斯托坡尔炮声。

到现在司令还不离开桥,因为战斗实际上还在继续着。不过又是一个新的局面了。他不得不靠近和停泊在一个地方,这个地方在战前没有一个人曾经□□□船像"他希肯特"号去冒险的地方,这个地方在世界上没有一个船长□□冒险停泊的地方。我们这位司令呢,他要把货物与人员登陆。他要去把伤员装上船,要把妇女们和孩子们撤走。而且他得把这一切很快做完,争取在天明以前离开。

司令知道,早晨,德国人是要在警戒地区等着我们的,飞机是

□□好了的，炸弹是吊在那里的。如果是海克尔式就对了。可是假如是潜水艇投弹器呢？司令知道，他离开悉瓦斯托坡尔无论走哪条路，都是要被发现的。避免一场遭遇战是不可能的，德国人将要用尽他们的力量在我们的回路上消灭我们。

我看见司令站在桥上注视着往下望，月亮的光照着他紧张的脸，他□骨上的□在抽动着。当他看见了轻伤的互相帮助上跳板、重伤的上担架、母亲们抱着她们睡着的孩子紧贴在她们怀里的时候，他思想着什么呢？这一切都是在几乎完全静寂中做的，人们在静悄悄的声音中谈话。在两小时的□□中船是卸了又重新装起来了。船长装上了两千人，当他们每个人上船的时候，都抬起头用眼睛看一看桥和在桥上的司令。

V. N. 雅鲁辛科完全清楚地知道，在海里丢掉一只船是表示着什么的。他曾经做过一只小船的司令，这只小船被敌人的炸弹直接打中了，沉了，在那个时候雅鲁辛科是把船保卫到最后的，只是没有能够把船保住，他也受了重伤。船沉到了水底，雅鲁辛科把全体水手都救了起来——当时上面是没有乘客的，他是留在船桥上的最后一个，而且到桥开始下沉的时候他才赶下海的。他一只手里拿着他的军证，另一只手里拿着他的连发手枪。因为他已经决定万一用尽力量开始下沉的时候来自杀。后来他是被捞上来了。可是现在做的是什么呢？现在他有的是乘客：女人、小孩、伤员。现在他一定要救这只船，或者和它一起沉到海底。

……

（《晋察冀日报》1945年9月26日）

向胜利前进

卡达耶夫 作　赵洵 译

苏联作家卡达耶夫□□于我们的读者是不生疏的,他的作品《我是劳动人民的儿子》受到很多读者的欢迎。又如《时间,前进呀》等小说,也是被广大的读者所称颂的。这一个短篇,是他的战时新作,编入苏联战时文艺丛书之一的《向胜利前进》的集子里。他描写了苏联红海军无限忠勇坚定的战斗精神。读者在这一作品中可以生动地体验到:伟大的苏维埃国家,因为有着无数这样的战士,所以才能"攻无不克",才能"从胜利走向胜利"。

——编者

在小岛的深处,可以看见几处石板的房顶。在它们上面,昂然耸立着小教堂的窄窄的三角形,它带着一个黑色的笔直的十字架,插进阴沉沉的天空里。

那石头的海岸,好像没有人烟似的。在方圆几百里的海面上,好像也是空落落的。但是,并非如此。

有的时候,在远远的海面上,出现一个模糊的军舰或者运输舰的侧影,就在这一分钟,一块花岗岩悄悄地、轻轻地推向一边,露出了一个石洞,好像在梦中、神话中所说的似的。就在这上面的石洞里,三尊远距离的大炮敏捷地抬起头来。它们把身子抬得高出海面,向前伸出来,然后就又停止了,这三个怪物的身躯一般长地转过身来,监视着敌舰,好像是跟随着磁石一样……

在深深□进绝崖里的暗炮台里,驻扎着为数不多的堡垒守备队和它的家当。在紧挨着的下面,只有用一块胶合板和最低层隔开来的地方，住着堡垒司令员和他的政委。

他们正坐在那安置在墙壁里面的吊床上，一张小桌子把他们隔开。小桌子上亮着一盏小电灯，灯光映照在通风器的圆盘上，好像是一个个跑过的闪电。干爽的风，把一些情报书吹得沙沙作响。一支小铅笔就在那些成四方格的地图上滚着。这是航海地图。刚才，有人报告了司令员，说在第八号方块里，望见了敌人的驱逐舰一艘。司令员点了点头。

一片耀目的金黄色的火光，从大炮里飞了出去。三颗炮弹依次地震动了海水和岩石，空气有力地打进了人们的耳朵。于是，带着一种好像铁球在大理石上滚动的响声，炮弹一个跟着一个地向远处飞去。接着，水上的回声报告说：它们已经爆炸了。

司令员和政委彼此默然地望着。不用说话，一切都明明白白：这个岛是四面八方都被包围了。通讯连络也被切断，一些为数不多的勇士们，保卫着这从海上和空中不断遭受袭击的、被包围着的堡垒，已经一月有余了。炸弹频频轰炸这面绝崖，鱼雷艇、陆战队的战舰，四下钻出了鼻子：敌人打算以突击占领这个岛屿。但是花岗岩的石壁，不可动摇地屹立着！于是敌人退到远远的海上，他们集聚力量，重整阵容，就又来进行突击。他在寻找那薄弱的地方，但他找不着。

时间就这样进行着。

弹药和给养越来越少了。仓库空起来。司令员和政委几小时地研究着情报。他们综合取舍这些情报，打算设法拖延这可怕的时间。但是结局已经迫近，现在它终于到来了。

"喂！"最后政委说。

"就是你这个'喂！'，"指挥员说，"一切就是如此。"

"那么你就写吧！"

司令员不慌不忙地翻开了一本航海日志，看了看后，就用端端正正的字体写道:"十月二十日。今晨所有炮位都开了火。至十七点四十五分,射出了最后一颗炮弹,再也没有炮弹了。给养尚够一天应用……"

他合上了日志,这是一本厚厚的,用丝线装订的,上了火漆印章的簿记本。他把它放在手掌上拿了一会儿,好像在衡量它的重量似的,就把它放到格板上去了。

"事情就是如此喽,政委。"他没有一点笑容地说。

有人敲了门。

"请进。"

值日员穿着一件发亮的、上面流着水的雨衣,走进屋来。他把一个不大的铁制小罐子放在桌子上。

"通信筒吗?"

"是的。"

"谁放出来的?"

"德国驱逐舰。"

司令员拉开了盖子,把两个手指伸到罐子里,抽出一张卷成卷的纸头。他把它读了一遍,就皱起了眉头。

在那□皮纸上,用绿色的化学墨水,以大而纤细的字迹写着下面的字:

苏联堡垒和炮台司令员先生:

你们已经四面被围,弹尽粮绝。为了免除无益的流血,我向您建议投降。条件如下:堡垒全体守备队,包括司令员及指导员,应保存炮台和堡垒之完整及秩序,不许携带武器,到教堂广场上归降。按中欧时间整六点钟时,应在教堂尖顶上悬挂白旗。按此条件,我允许保障你们生命安全。反之,就是死亡。请君来降。

德海军陆战队司令少将冯·爱维尔沙尔甫

司令员把这投降条件递给了政委。政委看了一遍，对值日员说：

"好，你出去吧！"

值日员走了出去。

"他们想看见教堂上有旗子。"司令员思索着说。

"是的。"

"他们会见它的，"司令员说，一面穿上了外衣，"教堂上挂起一面大旗。你怎么想？政委，他们会看见吗？必须叫他们一定看得见，必须把旗子搞得尽可能大些。我们来得及吗？"

"我们还有时间，"政委一面找军帽，一面说，"还有一整夜工夫。我们不会赶不上，来得及把它缝起来。让弟兄们去搞，旗子会很大的。我向你保证这件事。"

他们，司令员和政委拥抱了一下，在唇上接了吻。他们有力地、按男人样子地接了吻，感觉到嘴唇上被风吹的苦味的皮肤的粗野气息。他们是有生以来第一次接吻。他们很匆忙，因为他们知道做这样事的时间，是再不会有了。

政委走进最底层的房间，从化妆桌上拿起了列宁的半身像，从桌下面抽出一条香喷喷的绯红色的餐巾。然后他站在凳子上，从墙上取下了写着标语的一条红色的绸子。

一整夜工夫，堡垒守备队在缝着旗子，一面巨大的、底层房间的地板刚刚能摆下这面大旗子。它是用一块块的、各式各样的水兵的箱子中所能找得到的合适的材料，用水兵的大针粗线缝成的。

在拂晓之前，至少有六个床单大小的旗子已经准备好了。

这时，海员们最后一次地刮了脸，穿上了干净衬衣，颈子上挂着自动步枪，衣袋装满了子弹，开始一个跟着一个地，顺着小楼梯走到上面来。

拂晓的时候，卫队长敲冯·爱维尔沙尔甫的舱室的门。他很兴奋,好容易才压住了喘气,举起手来敬了礼。

"教堂上有旗吗?"冯·爱维尔沙尔甫简短地问,一面玩弄着匕首的螺旋形的象牙柄儿。

"是。他们投降了。"

"好,"冯·爱维尔沙尔甫说,"你给我带来了非常好的消息。很好。现在吹号,集合人们到上面来。"

一分钟之后他两腿分开地站在甲板上。天刚刚亮。这是一个深秋的、阴暗而寒风□□的黎明。冯·爱维尔沙尔甫在望远镜里,看见了地平线上的花岗岩的小岛,躺在灰色的、不美丽的海中。多棱多角的浪头,以一种粗野而同一的样子,重复着形成海岸石崖的形状。这海就好像用花岗岩雕塑成似的。

在那渔村的侧影的上面,昂然竖立着小教堂的窄窄的三角形,它带着一个黑色笔直的十字架,插进了阴沉沉的天空里。一面巨大的旗子在尖顶飘扬着。在清晨的昏暗中,它的颜色完全是深的,几乎是黑的。

"可怜的人们,"冯·爱维尔沙尔甫说,"他们为了缝这样一面大白旗,一定把自己所有的床单都拿出来了。这是没有办法的事。投降就有着自己不方便的地方。"

他下了命令。

陆战队浮艇和鱼雷小舰队向小岛出发了。小岛渐渐显露出来,逼近了。现在普通的眼睛都可以看见那些站在小教堂之旁的广场上的一堆海员们。

就在这一瞬间,鲜红的太阳升起来了。它悬在天和水之间,上面的边缘躲进一条长长的、烟气沉沉的乌云里,下面的边,接触在锯齿形的海面上。小岛罩上了一层阴沉的颜色。小教堂上的旗子红了起来,好像熔化了的铁一般。

"见鬼，倒挺漂亮，"冯·爱维尔沙尔甫说，"太阳跟布尔塞维克们开玩笑开得真妙。它把白旗染上了红色。可是，我们马上就又开始叫它变成苍白了。"

风追赶着巨浪。浪头打击着岩石，反抗着这些打击，岩石像青铜器般地响了起来。一种细微的声音在那充满着烟尘般的水汽的空气中颤动。浪头又退到海里去，露出了潮湿的垒石。它收集着力量，重整阵容，就又投入进攻中。它在寻找薄弱的地方，冲入了窄窄的、弯弯曲曲的水冲成的小涡里，它们渗进深深的裂缝中。海水咆哮着，发出碎玻璃般的声音，又嘶吼着。忽然，又以全力撞在那看不见的障碍上。于是，就像一颗炮弹似的飞了回来，爆炸了，变成沸腾着的玫瑰色烟尘般的喷泉。

陆战队浮艇向岸边驶去。德国人向堡垒跑来了，他们在没到胸脯的、溅着泡沫的水里，把自动步枪举到头顶上，在磊石上跳着、旋转着，跌倒下去，又爬起来。他们爬上了石岸向炮台窗口跑来了。

冯·爱维尔沙尔甫站着，手指握住甲板上的栏杆。他的眼瞳没有离开过海岸。他非常兴奋。他的脸孔痉挛地颤抖着。

"前进，孩子们，前进！"

突然，一种奇异的力量从地里面的爆炸震动了这个小岛，从炮台的窗口向上飞起了衣服、血肉模糊的人体的碎片，一块岩石跳到另外一块岩石上去，接着又裂碎开来。从岛屿的深处、内部，它□被抛了出来，又从地面上陷进被炸出来的深坑里，那被炸毁了的大炮的机体就变成了一堆堆的废铁，躺在那里。

地震般的波动传遍了全岛。

"他们把炮台炸毁了！"冯·爱维尔沙尔叫了起来，"他们破坏了投降的条件。死鬼们！"

这时候，太阳慢慢地走进乌云里去了。云朵吞没了它。那红色的阳光、那刚刚黎明中的岛屿、那海都阴暗下来。一切，除了小教堂上的旗子之外，四周的一切，都变成了单调的花岗岩的颜色，冯·爱维尔沙尔甫想他自己是发疯了。那在小教堂上的旗子，违反着一切物理的定律，还继续是红色的。在这幅风景画的灰色的背景上，它的颜色变得更加强烈，刺人的眼睛，这时候，冯·爱维尔沙尔甫才明白了一切。旗子从来就不曾是过白色的，它从来就是鲜红的，它不能是别的颜色。冯·爱维尔沙尔甫竟忘记了他是在和谁作战。这并非出于错视，也不是太阳欺骗了冯·爱维尔沙尔甫，是他自己欺骗了自己。

冯·爱维尔沙尔甫下了新的命令。

轰炸机、战斗机、驱逐机组成的中队飞到空中。鱼雷艇、驱逐舰、登陆浮艇从四面八方向小岛冲过来，新的陆战队的伞兵线沿着潮湿的海岸攀爬上来。伞兵降落在那渔村的屋顶上，像慈姑草一样。轰炸声把空气撕成碎片。

就在这地狱之中，三十个苏维埃的水兵，在小教堂的垣墙下面挖了战壕之后，把自己的自动步枪和机关枪向着各个方向摆好——向东、向南、向西、向北。在这样的恐怖的最后的一刻，他们谁能没有想到"生"的事。因为关于"生"的问题，是已经被决定了。他们知道：他们是一定死的。但是，他们要尽可能多杀一个敌人再死去，这就是他们的战斗任务。所以他们就把它完成到底。他们射击得很精细而准确，没有一粒子弹是浪费的，也没有一颗手榴弹是无代价而扔出去的。于是成百的德国人的尸体，在小教堂的大门口躺下了。

然而力量是悬殊得太厉害了。

那些身上撒满了被子弹从教堂的墙壁上打下来的砖末和石灰粉的人们，他们的脸孔被烟熏得很黑，出着大汗、流着血，他们从帆布制的海军服的衣襟上拉下棉花，把伤口塞起来。三十名苏维埃的水兵一个随着一个地倒了下去，可是他们仍然继续地射击着。一直到最后的一口气。

　　一面巨大的红旗在他们的上面飘扬着。它是用一块块的、各式各样水兵的箱子中所能找到的合适的材料,用水兵的大针粗线所缝的。它是由贵重的绸手帕、红色的颈巾、红色的毛织的披肩、玫瑰色的纱丽、大红色的被面和运动衣,以至于短裤缝起来的。这里面还有《内战史》第一卷的细棉布的书皮,连那绣在一块樱桃色的绸子上的列宁、斯大林的两张大绣像——这是库比雪夫姑娘们的礼物——也缝在这冒着火苗般的"精细的活计"上。在高空中,那流动着的云朵之间,它飘扬着、流动着、燃烧着,好像有一个看不见的雄巍的旗手,努力地高举着它穿过战斗的烟云前进,向着胜利前进。

(《晋察冀日报》1945 年 9 月 29 日)

小 孩 子

汪达·瓦西列夫斯卡 作　罗焚 译

  这个十二岁的孩子姓什么,叫什么名字,这都是一样的。在我们现在,有许多像他这样的孩子出现了。我之所以正好写着他,而是凑巧一个目击者给我讲了他的简单的、动人心魄的故事。

  德国人的坦克已经沿着大道吼叫过来。眼看着德国人的钢盔就会在村子周围出现了。乌克兰的古老的乡村,它还牢记着二十多年前同德国人的斗争的。这附近有森林——可以钻进碧绿的密林里,可以藏起来,可以从远处袭击敌人的部队。

  所有的成年男子都向森林走去,翻上马——一下就走了!道上满是尘土,而在尘雾里,紧跟骑马人的后面跑着一个十二岁的小孩。当游击队走出来的时候,把他留在了村子里。

  小孩的手拉住马镫,发抖的手指抓住马鬃。但是,怎么好把一个十二岁的小孩子带向森林里,带向幸运和不幸,带向生和死,带向需要成年男子的力量和成年男子的坚韧的斗争里呢?

  这孩子是多么可怜呵!他泪流满面地跟在马后跑着,绝望地抓住马镫。这孩子的心是深深地受创了,人们都不认为他够做一个游击队员,都不认为他有资格拿起武器。可是他却感觉着,整个心灵感觉着他能够这样呢,像其他的人一个样呢,他要做个同其他的人一样的人呢。马跑得越来越快了,在盖满尘土的路上,赤脚是跟不上的呵!他的声音里充满绝望了。

  而终于有个人对他同情起来,从马鞍上俯下身子,送给他一个不大的物件。

  ——拿这手榴弹去吧。待在村里,如果有什么事情就告诉我们。

留心着德国人干些什么。如果有必要的时候，叫手榴弹吃了他们的肉吧。

孩子的眼泪很快就干了。他的手抓着凉凉的铁手榴弹。是啦，现在才算对了。手榴弹！同游击队一样的手榴弹，而且还给了他一个同给成年人一样的任务呢。

手榴弹揣在怀里，十二岁的孩子离开他们，走回村子里。他按着嘱咐他的那样察看着。谁也不去注意这个小孩子，德国人还没有在村子里搜索，还小心翼翼地逗留在村边上。

这小孩子观察着，德国人的司令部就设在路旁的屋子里，德国军官们忙乱着。门口站着卫兵，怀里的手榴弹动了一下，小手谨慎地检查着，不，手榴弹哪里也没去，它就在怀里呢。而在村边的屋子里，就是德国人的司令部，德国军官们啊！

在德国人开始要抢劫村子以前，开始要焚烧房屋、杀害孩子和妇女以前，在小孩所清楚知道那种地狱就要造成以前——他就一直往那房子去了。当卫兵的尖锐的声音叫着他的时候，他的声音毫不发抖，眼睛也不□一下。他用手势表示着，他有一个消息要告诉司令部，他必须到里面去。

一个军官望着门外面，他用蹩脚的乌克兰话问道："什么事？"小孩子的声音没有发抖。他直望着那军官的眼睛，是这样的：他想告诉他们游击队在什么地方藏着呢。

把小孩领到屋子里去了。那里围着桌子坐了六个人。他们都俯在一张地图上，用德国话叽里叽咕地讲着。所有的眼睛都从地图上抬起来，望着进来的人。

就这么着。小孩子数着数目，注意看着。六个人。肩章，各种各样的符号。没有疑问，这是些高级的军官。

怀里是凉凉的手榴弹。孩子的眼睛冷然地望着，考虑着，盘算着,应当怎么走到那里去,要怎么做才能成功。他不慌不忙地、谨慎地答着话。这样,他说,就是这样,所有的人都出去打游击了,一个也没留下。

德国人的冷酷的声音不耐烦地问着。小孩慢慢地、心平气和地回着话,他讲述着整个经过。为了有时间考虑,为了要是他们万一怀疑起什么来,能使他们放心,他就像农民一样地、不慌不忙地、详详细细地讲述着。

终于,那个最重要的、坐在中央的军官摆起手来了。够了。他已经全盘知道了——游击队走了和怎么走的。现在只还需要知道一点:他们在什么地方?

翻译官对小孩重复着这问题:

——游击队在哪里?

小孩向前迈了一步。他已经挨近桌子了,他已经同六个军官面对面地站着了。他直对着六个军官的脸,用不像是孩子的泰然的声音说道:

——到处都是游击队。

他用闪电一般的动作,从怀里抓出手榴弹,用闪电一般的动作,掷向桌子旁边的那六个人。在他们还没来得及跳起以前,还没来得及喊叫和弄明白什么事发生以前,死神已经来到了。

十二岁的孩子也同他们死在一起,一个换六个。他的小脸像一个成年人的冷酷的、严峻的颜面一样毫无表情。在他的前额上有一种英雄的伟大的光耀。

任何坟墓也没有保藏他的尸体,故乡的土地没有掩埋他。他的孩子的躯体在燃烧的屋子里变成金色的火焰。他的热情的孩子的心,像金色的火焰一样□□在乌克兰乡村的上空。

因此,他姓什么,当他在田地上跑着的时候,他的母亲用什么名

字唤他,那都是一样的。他是那成百的孩子中的一个——有着孩子的奋发的心,有着孩子的勇敢。他同成年人一样地知道、懂得和会热烈地爱,也会同成年人一样光荣地死去。

(《晋察冀日报》1945年11月15日)

二十八个近卫英雄

克利维茨基

希特勒计划在十月里掠取莫斯科的进攻可耻地失败了。在战争的第一百四十七日，希特勒向莫斯科开始了第二次总攻击。德国人向首都倾注了五十一个师团——十八个坦克师团和机械化师团和三十三个步兵师。一九四〇年春进攻法兰西的时候，从海到色当为止的全线上活动着十个到十一个装甲师团，这时全世界对这种技术的集中惊骇得胆战心惊。单单进攻莫斯科一地所调动的装甲部队比攻击全法国的还要多。

十月十日，希特勒对他的军队发了一道命令，命令中宣布开始最后的"决定的"进攻。

命令中说："在冬季前压溃敌人的毁灭性的彻底的打击之路已经准备好了。"

这是在一九四一年十一月十六日，在德国新攻势第一天，敌人的装甲部队沿着伏洛柯朗姆斯克公路挺进。他打算不停地开足马达冲进莫斯科。但是第三一六狙击师，现在是以潘菲洛夫将军命名的第八近卫红旗师，阻塞了他们的路。

斯大林同志发出命令无论如何也要阻止德国人。于是在希特勒党徒的路上，建起了不可克服的苏维埃围墙。

卡尔朴夫的团守卫的防线是：第二五一号高峰——毕吉里诺村——十字路口。杜波西柯夫、克洛奇柯夫就是该团任政治指导员。左翼上扣住铁路的是陀勃洛巴平中士的小队。

这一天，侦察队报告说德国人准备进攻了。在居民点克拉西柯伏、迟达诺夫、穆朗采伏等处，他们集中了八十多辆坦克、二团步兵、六个迫击炮营和四个炮兵营,大批自动枪兵和摩托自行车队。

战斗爆发了。

首先,那隐藏于十字路口的小战壕里的二十八名英雄,要支持对敌人的自动枪兵进行许多小时的战斗。

一连法西斯蒂,利用该团左翼防线上的暗袭,他们向该处冲去。他们没有想到会遇到猛烈的反抗。

战士们一声不响地监视着迫近前来的自动枪兵。陀勃洛巴平中士精确地分配了目标。德国人像散步似的立直了全身走来。他们离开战壕只有一五〇米了。四下里寂静得又怪又不自然。

中士把两个手指放在嘴里——突然发出了一声俄罗斯的好男儿的口哨声!这是这样的突然,竟使自动枪兵霎时停止了。我们的机关枪和步枪的排枪声轰然响了,准确的枪火立刻歼灭了许多法西斯蒂。

自动枪兵的进攻被击退了。离开战壕不远的地方狼藉着七十多具敌人的尸首,疲倦的战士们的脸熏满了火药的烟雾;人们是幸运的,他们出色地和敌人较量过了。

但是他们还不知道自己的命运,不知道主要的还在面前。

坦克!二十辆装甲怪物向二十八名近卫兵保卫的防线冲来了。

战士们面面相觑。实力悬殊的战斗来临了。

忽然他们听见了熟悉的雄壮声音!

"好呀,英雄们!"

政治指导员克洛奇柯夫来到战壕这儿来了。

他是以琪叶夫的名字蜚声全国的。有一次红军战斗员乌克兰人庞达林柯说起他:"我们的政治指导员永远在琪叶!"

乌克兰语,"琪叶"是工作、行动的意思。真的,克洛奇柯夫永远是在动的,谁也不知道他什么时候睡的。他是活跃好动和不知疲倦的,战士们像爱长兄、爱亲生父亲似的爱他。

庞达林柯的准确的话非但□传遍了全连，而且全国。这位政治指导员只在文件中叫克洛奇柯夫，甚至于团长也叫他琪叶夫。

这一天，琪叶夫第一个发现敌人坦克纵队进攻的方向，所以赶到战壕里来了。

"哦，怎么样，朋友，"他对战士们说，"二十辆坦克，一辆攻一个弟兄还不够，这不怎么多！"

战士微笑了一下。

琪叶夫到战壕去的时候，明白他和同志们将遇到什么命运。但是现在他开开玩笑，攫住了战士们的拥护的目光，他想道："不打紧，我们支持得下去的！"

他们全在他面前，这些同志，他要和他们共分荣誉和死亡。

还有第二十九个，他却是懦夫和叛徒。当一辆冲到战壕前的坦克里的法西斯蒂喊"投降"的时候，他一个人伸起手来。他可怜地站着，浑身颤抖奴性的懦怯显得可恶之至，向谁下跪，畜生？立刻□发一阵排枪。有几个近卫兵不约而同地没有得到命令而射击那懦夫和叛徒，这是祖国惩罚陷阵脱逃者。这是红军近卫兵们不动摇地歼灭了一个想以自己的叛变给二十八名勇士投上一个黑影。

"不要后退一步！"发出了政治指导员琪叶夫的命令。

于是蔓延开了未之前见的战斗。勇士们用攻坦克枪击伤敌人的车辆，用手榴弹颠覆它们，用燃烧瓶焚灭他们。

这一刻这一群英雄是不孤独的。

和他们在一起的是我们民族用胸膛去护卫自己独立的伟大的过去。

和他们在一起的是俄罗斯近卫军的英勇的胜利，关于这些近卫军，萨尔蒂珂夫元帅在对普鲁士人作七年战争的时候，就已经向彼得堡这样报告了："关于俄罗斯近卫军，我可以说，谁也不能抵挡他们，而他们自己却像狮子似的蔑视自己的创伤。"

和他们在一起的是红军的英勇和光荣，□□在这些时刻祝福英雄的它的战旗。

和他们在一起的是祝福对敌人□无情的斗争的伟大的斯大林祝语。

战斗迁延了四个多钟头，法西斯蒂的装甲拳头还是不能突过近卫兵们保卫的防线，十四辆坦克一动不动地凝住在战场上了。

但是陀勃洛巴平中士已经战死了，战斗员谢米亚金也战死了，彼得林珂在淌血，躺在铺于战壕底的蒿草上，康金、沙德林、季莫菲叶夫及特洛菲莫夫都死了。

这时在薄暮中出现了第二队坦克，其中有几辆重坦克，克洛奇柯夫一数有三十辆新车子，不用怀疑，它们是向铁路交叉点、向勇士们的战壕开来的。

你有点错了，荣誉的政治指导员琪叶夫！你说坦克是不够来一辆攻打一个弟兄的，它们已经差不多两辆打一个弟兄了。祖国，供给你的儿子们以新的军队，让他们在这一刻患难的时候巍然不动！

克洛奇柯夫用那紧张得发火的眼睛看了看同志们。他记起了莫斯科、红场，看见斯大林在列宁陵墓的讲坛上的那一天飓风的日子。

"三十辆坦克，朋友，"他对同志们说，"大概我们大家要死了。俄罗斯是大的，但是没有地方可退了。莫斯科在后面！"

坦克向战壕开来，受伤的庞达林柯俯身倚着克洛奇柯夫，用一只没有受伤的手抱住他说：

"来吻吧，琪叶夫！"

于是在战壕里的人，大家互相接吻，扔开了步枪，准备好了手榴弹。

敌军的坦克愈来愈近了……战斗已经进行了三十分钟了，有近十辆坦克被击伤了在烧起来。然而勇士们一个一个地倒下。他们用出最后的力量向敌人施行准确的打击。

那些坦克已经在战壕旁边……德国人从舱里跳出来，想把勇士们活捉了来惩罚他们。

但是那些无畏的战士遵照了政治指导员琪叶夫的命令起来迎击他们了。

"近卫队是宁死不投降的！"

弹药完了。莫斯卡林珂在坦克的齿轮下死了，他用赤裸裸的手拽住着坦克的钢板。柯实别尔根诺夫把手交叉在胸口，向敌人的机关枪的枪口直冲而去。

琪叶夫紧握着最后的一束手榴弹向刚刚压死毕兹洛德内的一辆重坦克奔去。那政治指导员轰毁了那怪物的齿轮，被打中了几颗子弹，倒在地上了。

琪叶夫战死了……不，他还在透气。他身边，头并头地躺着混身血污、奄奄垂毙的受伤的那塔洛夫。他们身边轰隆隆地驶过敌人的坦克，琪叶夫对他们的同志说：

"我们要死了，兄弟……将来会纪念我们的……如果你们能活的话，告诉我们的……"

他没有说完就不响了。

政治指导员琪叶夫——克洛奇柯夫就这样死了，把生命在战场上献给了英勇事业。

这一切都是那塔洛夫讲的，他在那一夜爬到了林子里，流血流得衰弱无力了，他流浪了几天，后来碰到了我们一队侦察兵。

那塔洛夫死在医院里。他转告了二十八名潘菲洛夫英雄的遗言，就是不这样，我们也是很明白，当琪叶夫头顶上飞舞着不能逃避的死的时候，他要对我们说什么话。

"我们把自己的生命献给祖国的福利,"英雄对我们说,"不要在我们停止呼吸的身体旁边流泪,咬紧了牙齿,坚强些!我们知道,我们为了什么名义去赴死的?我们完成了自己战士的义务,我们阻塞了敌人的去路。对法西斯蒂作战的时候记住:胜利或者死亡!别的路你们没有,正像我没有一样。我们死了,但是我们胜利了!"这遗言活在红军战士们的心里。

(《晋察冀日报》1945年11月19日)

弟　兄

[乌克兰] A. 戈倍林柯 作　罗焚 译

这故事,是从一个俘虏来的希特勒军队□士兵,瓦尔特尔·舒尔茨曹长那里听来的。

他讲这故事的时候,在他的德国话里,夹杂着他知道得不多的俄国语。

事情发生在秋天。在那晚上,舒尔茨在自己的卫戍司令部里值班。某某报纸的记者,他的长官葛冯格上尉的好朋友拉特曼串门子来了。——而这仅是上尉喝酒的不必要的原因。

因为,就是没有这,上尉也不会忘记每晚上喝上那么一点的。战争和世界上的一切他都厌倦了。这次他把自己一个亲属乍尔副曹长也唤了来。这是一个胆小鬼和流氓,像离不开母亲的孩子一样,整个战争中,他紧跟在葛冯格上尉屁股后面转。

瓦尔特尔·舒尔茨曹长在自己主人的门后偷听。那三个德国人开头的争吵他没听到。他只听见了拳头击在桌上的响声和葛冯格上尉的神经质地叫喊:

"我是个大兵,我是不读报的!……我打过仗,而我马上就要给你证明:谁是对的。乌克兰人、车尔克斯人、鞑靼人,还有别的一些什么野蛮人,他们仅在为了要扼住对方的咽喉而等待着。而俄罗斯人……你马上就会看见的,他们怎样对待俄罗斯人。"上尉醉醺醺地大笑着。记者回答了一些什么,而葛冯格上尉喊了:

"舒尔茨曹长!"

"有!"瓦尔特尔·舒尔茨在门槛上呆住了。他一下子就发觉到:葛冯格上尉已经喝得太多了。在他的枯干的、石头似的前额上,秘密

地布满了一层冷汗，两眼也已经混浊，而且变为十分不安静的了。他正要寻找人发泄自己的怨恨。在这时候，最好不要掉到他手里去。

"舒尔茨曹长，把今早上领来的两个俘虏带到这里来"。上尉命令道。

"是。"

曹长出去了。

过了一会儿，把两个红军战士挨次带到屋里来了。他们是被分别禁锢着的。上尉总共只审问过他们一次。现在他们半裸体地站在那里。

"去吧，舒尔茨。"上尉摆了摆手，舒尔茨出去了。他在门后把耳朵贴着门缝。

"他们怎么穿像这个样？"拉特曼用德国话问道。

"把他们全剥光了。鬼东西们！早上他们还穿得很体面，但那有什么关系呢，无论穿着什么，不也一样地活吗？"上尉说道。

两个红军战士光脚站着，肮脏而破烂的衣服遮着身体。而三个德国匪徒却带着漠然的神态坐着，好像这一切都是很平常的……

那个年约四十岁的高个子红军战士，很难为情的，竭力要想用污秽的、撕碎了的粗布衣服遮掩着赤裸的身子，而那个年轻的、个子矮矮的红军战士，穿着糜烂得成了碎块的裤子，冻得直抖。在他们身上再没有更多东西了。

那高个子的红军战士，左手用破麻布绑扎着，紧靠着肩膀的地方凝结着血块。而另一个，那矮一些的，用肮脏的涂满血污的破手巾包扎着脑袋。

他们是因为受伤失去知觉，不能自卫或者自杀而被俘的。

所有的人都没有说话。

"你懂俄国话吗？"上尉用德国话向拉特曼说道，"我要同他们谈话。你记着：他们中间一个是乌克兰人，另一个是俄罗斯人。马上你就会看见要发生什么的。"上尉高声地笑道，拉特曼点着头。只有乍尔副曹长像一个喂饱了的鸡似的鼓着嘴坐着。

上尉缓慢地，向那个快要倒下去的矮个子红军战士转过身去。他是伤在头部的。

"今早我已经个别同你们谈过话了"葛冯格上尉用相当纯正的俄国话说道。

"你是俄罗斯人吗？"

"俄罗斯人。"那红军战士冷淡地嘶哑地回答。

"姓什么？"

"苏司洛夫·伊凡。"

"你是乌克兰人吗？"

"是的，乌克兰人。"他比苏司洛夫较有生气地回答，他的伤小一些，而精力充足一些。

"姓什么？"

"克雷石·达拉司。"

"你说，乌克兰人，你们同这俄罗斯人是在一个部队里吗？"葛冯格问道。眼睛轻蔑地斜视着苏司洛夫。

"不是，我这是第一次看见他。"克雷石缓慢地回答，等着还问些什么。他说的是真的，以前他从不曾见过苏司洛夫。

"乌克兰人，你说，谁是你的敌人？"葛冯格突然问道。

克雷石·达拉司没有回答，他知道谁是他的敌人。他等着，长久地思考着——他就是这样一个人。但假如克雷石已经想定了，那是谁也不能把他说服过来的。

"唔，我等你回答。"葛冯格不耐烦地说道。

回答什么呢？克雷石·达拉司一生中，这是头一次离得这么近的

看见这么些活的德国人,他们是些什么样的人呵!噢……他可怕地觉得:他对他们已经没有恶意,而仅只是轻蔑了。他是多么讨厌他们呵!早晨还是可怕的,不习惯的。但现在,克雷石一切都反复考虑过,平静起来了。他只有一个希望——让这一切很快地结束吧!

"你还没有懂得我问你的话吗?"上尉慢腾腾地说道。"战前你在乌克兰做什么?"

"达拉司·舍甫琴珂集体农庄的马具匠。"克雷石突然回答。

"舍甫琴珂?阿哈……那好极了。"葛冯格上尉笑了,在一个大玻璃杯里先倒了一些洛檬(一种烈性的葡萄酒——译者),随后又倒了些白酒和酒精。

"给,喝了吧,乌克兰人,暖一暖,不要怕,我不会对你作出什么来的。"上尉递给他玻璃杯。克雷石贪馋地喝了一半,而把另一半递给苏司洛夫。上尉跳起来,抓住他的手。"你自己喝吧!"克雷石想了想,一下喝干了。

"你现在说,这里谁是你的敌人?"葛冯格固执地说。"就是这个俄罗斯人,是吗?"

上尉用手指了指苏司洛夫。克雷石望了望那挂了彩的同伴。他想:这德国人要想从他这里取得什么呢?克雷石一切都欢喜想到底,他思索和讲话都是慢慢的——他就是这样一个人。

"你还不懂我说的话吗?"上尉凶狠狠地,抑制着自己说道。他已经在拉特曼和乍尔面前,特别是乍尔面前羞惭起来了。上尉觉着:这个黄毛未退的臭小子现在是无止境地乐起来了,仅仅是怕露出自己快乐而已。

"我懂得。"达拉司·克雷石说道。

"那你就说吧。"

"我说什么呢,都是很明白的。"克雷石说,看了一眼苏司洛夫。

"明白吗？这正是我所需要的。"葛冯格高兴起来了。

"我的老天，这对你有什么用呢？"克雷石认真地说道。

"你，乌克兰人，明天你就可以回家去了。马上就把被服还给你，以后你要帮助我们。唾你敌人的眼睛，打他的耳光。打！对敌人是不需要怜惜的。打吧！"上尉再也不能抑制自己了，他一边反复说着这些话，一边向克雷石跑去，要克雷石打。克雷石一下想起了那留在古老的科尔松城边的妻子、三个小孩、父亲、母亲。我的孩子们呵！……"

"打谁呢？"克雷石慢腾腾地、惊奇地问道。他已经改变主意了。

"打他！打你的敌人！……吐他口水，用脚踢俄罗斯人……要是你不打他——我就杀死你。"上尉凑近达拉司·克雷石的耳边低声说道。

"他吗？"克雷石指了指苏司洛夫，小声地问道。苏司洛夫很吃力地靠墙站着，带着微笑望着兴奋起来的德国上尉。

"是的，打他！打！……唾你敌人的眼睛，杀死他，要不我就告诉他，他要杀死你的！"醉醺醺的上尉翻来覆去地说，音调都变了。当他感觉到从背后射来的自己朋友拉特曼底怀疑的视线和那个胆小的、发育尚未完全的乍尔的隐藏着的幸灾乐祸的眼光的时候，他的脸都羞红了。

当上尉感到达拉司·克雷石的内在力量的优越性的当儿，他失去自制力和意志了。"要是你不打他，我就把你的皮一条一条地剥光。"他咬牙切齿□说。

克雷石动也不动地站着，思虑着，毫无表情地，冷冷地。而突然达拉司·克雷石下决心了。

"我杀死敌人！"克雷石大声叫道。

桌上的玻璃杯给这叫声震得直响。

上尉在这一刹那间呆了。达拉司·克雷石抓住了这一瞬，聚集了全身的精力，像一柄铁锤一样，一脚踢在葛冯格上尉的肚子上。

葛冯格上尉的脑袋哐啷一声撞在对面墙壁上，两只腿痉挛了两下，便永远安静下来了。

"现在，我们永别了，兄弟。"达拉司·克雷石静静地说，向伊凡·苏司洛夫鞠了一躬。他们好像一对朋友，工作完毕之后，明天早晨还要再见似的那样告别着。

在这一刹那间，好像从弹簧上弹出一样，吓得快死的乍尔副曹长从座位上摔了下来，连瞄准也没有瞄准，就用手枪向两个挂彩的战士打了一排子弹。

达拉司·克雷石没有一下就倒下去。他惊奇地看了看死去的上尉的面孔，几乎要笑了出来，踉跄了一下，倒向伊凡·苏司洛夫那面去了。他的脸孔是非常安静的，这样的安静，只有当一个人精细地做了一件美好的事情，并信任这件事情而至于为它献出自己生命之后才会有的。

"原谅我，兄弟。"被锐利的子弹射穿了心脏的伊凡·苏司洛夫赶着说了一句话。他倒在达拉司·克雷石的胸膛上，他们交叉着成了一个十字形。（译自一九四三年三月十八日《消息报》）

（《晋察冀日报》1945年12月8日）

不　朽

法捷耶夫 作　尹之家 译

"在我的战友面前，在我这可爱的受着许多苦难的祖国面前，在全体人民面前……"当我参加"青年警卫军"队伍时，□我作如此庄严的宣誓：

"上级同志分配给我的任何任务，我一定坚定不移地执行它。"

"关于'青年警卫军'中我的任何工作，我要保持绝对的秘密。我没有慈悲。我发誓要为毁坏了的城市与村□复仇，为血淋淋的死难同胞复仇，为我们卅位殉难的英雄正义的矿工复仇，并且，如果为达到此目的的需要，我的生命将毫无片刻犹豫□牺牲它。"

"如果我破坏了这一宣誓，不管在受惨刑或由于缺乏勇敢——可永远咒骂我的名字，我的家庭，而且我的同志可给我以无情的裁判。"

"以血还血！以死还死！"

这一尽忠祖国和使祖国从德国侵略者解放出来而战到最后一口气的誓言，乃是属于伏罗希洛夫格勒州克拉斯诺登市镇共产主义青年团地下组织——"青年警卫军"——的成员们所作的。这一誓言是他们在一九四二年秋天作的。那时，寒冷的秋风正在被奴役被蹂躏的顿巴斯上空怒号着，于是在一个门窗关得严严的小室内，以及相互站在前边的队形下，做出了这一尽忠祖国和使祖国从德国侵略者解放出来的誓言。小市镇（克拉斯诺登）蜷缩在黑暗中了。除了只有几个德国的走狗和盖斯塔波的拷问□的主人而外，没有任何人，他们在深夜里抢劫人民的财物，和在刑讯室内充分发泄他们的野蛮的兽性。

宣誓中最大的人才十九岁，而这团体的创始人和组织者——欧列格·科希威，只有十六岁。

因此，在我们国家的严酷的考验时期，最年轻一代的战士，为了祖国的自由和幸福，重复了许多年以前斯大林在第二次全国苏维埃代表大会上的誓言！

"列宁同志！我们向你宣誓，我们一定不遗余力，光荣地实现你的遗嘱！"

在晚秋与冬天，刺骨的寒风掠过顿尼兹草原，令人感觉荒凉、可怕，而黑土大地则冻结成为坚硬的土块儿。但我们居住这里，它是我们的土地，这里的矿工居民给伟大祖国以力量，以热和光。为保持这一大地的自由，它最优秀的子孙在伏罗希洛夫和亚力山大·巴霍门科领导之下，在内战时曾进行了战斗。这里是光荣的斯达哈诺夫运动的发祥地，这一运动改变了全苏联的面貌，苏维埃人民深深地进入顿尼兹大地的怀抱里，而且在它那凄凉的旷野上出现了强大动力的大工场——我们技术上值得骄傲的成就——新的城市充满了电光，我们的学校、俱乐部和歌剧院等等，使苏维埃人的智慧得到了充分发育和滋长。可是现在这大地被敌人践踏了，被卑怯的德国人践踏着。他像洪水般地从大地上冲扫过，像瘟疫，使城市陷入黑暗，使学校和医院变成了马房，或作为驻扎他的野蛮的军队之用，将俱乐部和保育院改为盖斯塔波的刑讯室。

火与绳、子弹与斧头——这些致人死亡的可怕的工具——在这里变为苏维埃人民之不可逃脱的伴侣了。这些苏维埃人民的命运为不能想象的苦难所决定着。而这种苦难只有剥夺了人类的理性和丧尽了天良的人们才能想得出。这从那三十位矿工因未向德国"劳工局"登记而被活埋在克拉斯诺登城市公园一例，就足够说明了。当红军解放了这一市镇并对三十位矿工实行迁葬时，发现了他们的身体是直立着的——他们站着死去的——首先发现他们的头，其次是肩膀、胳膊和躯干。

无辜的人民，为了隐蔽，不得不带着痛苦的心情和他们最亲近最心爱的人们离别。家庭破碎了。"我向父亲告别，很悲伤地眼泪汪汪地哭着。""青年警卫军"队员瓦尔□·波尔兹追述道，"有些事情似乎这样在告诉我，这是我最后一次看他了。他走着，我站在那里直到看不见他时为止。直到现在以前，他还有家、孩子和房屋。可是此刻，他变成了流浪者，像一个失了群的狗似的。有多少人遭杀害或刑讯死了呀！"

青年人曾极力逃避向德国人登记，但被敌人捉住并送往德国作奴隶去了。在街上，你可以常常亲眼看见令人心肠破裂的凄惨的景象。警察严厉地喊叫。他□□□掺杂着父亲和母亲们的哭泣；他们哭泣着，是由于不忍心看到自己的子女被人掠去。

德国人曾这样试图来毒害苏维埃人民的心灵，即透过无赖流氓和传单来散播最卑鄙的小广播，如造谣占领了莫斯科、列宁格勒，以及苏维埃制度已经垮台等等。

停留在克拉斯诺登的老年人曾企图组织斗争以反抗侵略者，但他们很快地为敌人发现了，结果不是被枪杀即遭活埋。于是，组织反抗敌人的斗争任务便落在青年人的身上了，所以才有一九四二年秋"青年警卫军"这一地下组织的成立。

他们是苏维埃的青年，正像在学校里所看到在我们周围长大的"青年先锋"的选拔队和共产主义青年团的组织一样。敌人曾力图消灭苏维埃制度所给予苏维埃青年的自由的意志、创造的快乐以及因感人的工作而产生的骄傲心情；但苏维埃青年骄傲地昂起头反抗着敌人。

啊，苏维埃的自由歌声啊！它经常在我们青年人心里回响着，它成为他们生活中不可缺少的东西了。

"一天夜晚，伏罗亚和我到斯威尔洛夫卡去看祖父。天气很热，德国运输机不断地在天空盘旋着。我们走过草原，那里没有一个人，我们开始歌唱了：'黑暗的墓穴静静地躺着……在顿尼兹草原上来了一个青年。'于是伏罗亚说道：'我知道我们的军队在那里。'"

"他开始告诉我关于红军的战报，我冲向前去并拥抱他。"

一个人不能不为伏罗亚·奥斯牧克金姊姊那样朴素的话所感动。

"青年警卫军"的创始人像领导者：欧列格·科希威，是一九二六年生，自一九四〇年起为共产主义青年团团员；伊文·纪谋奴克厚夫，生于一九二三年，自一九三八年起为共产主义青年团团员；而舍尔该·特吾林因，生于一九二五年，自一九四一年起为共产主义青年团团员。这三位爱国者不久即补充了新的成员：伊文·士尔克尼奇、□特潘·莎夫诺夫、芦巴·希夫索娃、□儿亚娜·葛罗荣娃、安那托列·波波夫、尼克拉斯·舒谋斯考、伏罗亚·奥斯诺克金、瓦尔亚·波尔兹及其他人。欧列格·科希威被选为政治委员；伊文·士尔克尼奇，他从一九四〇年起为共产主义青年团的团员，被全体任命为司令员。

这些青年（他们对旧的政治制度没有经验，所以就不了解如何做地下政治工作），对德国掠夺者的统治秩序进行破坏以及鼓动科拉斯诺登市镇居民起来反抗敌人有好几个月的光景。

在邻近的村庄——伊兹瓦尔诺、波尔伏马卡和谢谋吉诺——中建立了支部。成员增加到了七十人，又很快超过了一百人——是矿工、农民与知识分子的孩子们。

这一团体的性质、工作方法及其总的精神，证明了它的会员是列宁——斯大林之不朽的革命学派的继承者。"青年警卫军"在市场、电影院和俱乐部等地方散发了成百成千的传单，在警察分所的墙上，甚至在警察制服的衣袋内均可以发现传单，"青年警卫军"曾取得了四架无线电台，让人民天天知道苏维埃情报局所公布的战报。

在地下工作困难的条件下，吸收了新的成员：临时证交出了，会费付了。由于苏维埃军队的前进，曾准备了一个武装暴动，武器是由各种不同的办法得到的。

同时他们的狙击组进行了破坏工作。十一月八日夜，伊文·士尔克尼奇组绞杀了两个警察，每人胸前贴一告白："这是每一出卖自己的下流走狗之命运。"

十一月九日，在□斗洛夫卡——介拉希万夫卡公路上，安那托列·波波夫组，破坏了一辆乘坐三个德国高级军官的汽车。

十一月十五日，威克托·彼得罗夫组使监禁在伏尔汉斯克村集中营内的七十五位红军人员和军官获得了自由。

在十二月初，莫希科夫组在克拉斯诺登——斯威得罗夫卡公路上，焚毁了三辆德国的油车。

几天以后，在克拉斯诺登——罗□吉公路上，特吾林因组武装袭击了赶着五百头牲口的护送队——这些牲口是从村民手中抢来的。护送队被消灭了，牲口散在草原上。

由于总部命令，"青年警卫军"队员"渗入"德国据点，多次向德国人的车辆放置"滑杠"，舍尔该·列瓦斯赫夫像机械师一样地工作着，使三辆汽车先后失去了作用。于星·威希诺夫斯库在矿山，布置了好几个大的灾变。

十二月六日，在深夜里，三位勇敢的"青年警卫军"的队员——芦巴·希夫索娃、舍尔该·特吾林因、威克托·芦肯兼科——完成一件异常辉煌的破坏行动：他们很彻底地烧毁了德国"劳工局"——包括一切的文件在内，因而救出了向德国运送的几千名苏联人民。

在十一月七日夜里，这一地下组织的队员曾把红旗挂在学校、从前区消费合作社、医院以及公园内最高大的树上。"当我看到我们的红旗在学校上空飞舞时,我马上浮起了一种骄傲的快乐的心情。"克拉斯诺登居民 M. A. 李特威诺娃说,"我唤起了孩子,并跑到慕克因娜处。她穿着衬衣站在窗前,泪水染污了她清瘦的面孔。她说:'玛丽亚·亚力耶夫娜,那是为了我们,为了苏维埃的男人和女人才这样做。我们的人民并没有遗忘我们呵!'"

□□地下组织最后曾吸收了广泛的青年阶层,有些体质比较弱的青年人也曾参加进来。

当"青年警卫军"□受狂暴敌人之不能想象的刑讯时,这些青年爱国者的优良品质及其崇高的灵魂美是如此感动人,以致这些男女孩子的遗名将鼓舞着我们未来若干代的青年。

欧列格·科希威,虽仅仅是一个孩子,但已是一个天才的组织家。他是理想家兼有条理的人。这两种特点的结合,使他成为一个实事求是的人,有许多最勇敢的行动计划是他拟定的。从他那高大的身材和深谋的胸膛体现出了他是一个活泼健康的人。他多次参加突击以困扰敌人。在他被捕时,他那冷静的对敌人的轻蔑态度,激怒了德国人。他们用烧红了的烙铁向他身上打烙印、以针刺入他的身体——但他的意志和刚毅的精神没有使他在敌人的面前低头。经过各种"审问"之后,在他的头发里面,新增了银色的发簇。当他走向刑场时,他的面色已经完全惨白了。

伊文·纪谋奴克厚夫是"青年警卫军"中最有教养和最有学问的一个队员,他能写非常好的传单。从外表看来,他是拙笨的,但他的心灵是刚健的;他很普遍地为人所喜欢和尊敬;有漂亮的演说家之称;他爱好诗歌,也写短诗——如像欧列格·科希威及其他的队员偶尔所做的那样。他忍受了最难忍受的惨刑。德国人以活绳结套在他的颈上,然后用滑车把他吊起来。当他晕过去时,德寇即用冷水喷醒他。——于是继续地使用着这种酷刑,每天并用绳线做的鞭子打三遍。警察以为用这苦刑可以逼出口供；但失败的恰巧正是他们——他们并没有从他那里得到什么。在正月十五日，伊文·纪谋奴克厚夫和他的同志一起被扔到第五号矿坑里去了。

舍尔该·特吾林因是个活泼的孩子，急性子，有怪脾气，但是勇敢到无所顾忌的程度。他担任最危险的工作，杀死了许多德国人。"他是个行动家"，残存的同志这样评价他。他憎恨懒惰、骄矜以及夸夸其谈的人。他常这样讲："你干事情就是了，至于对事情的谈论，留给别人吧。"

舍尔该·特吾林因，不仅忍受自己肉体上的苦刑——他曾看到他老母被施以同样的酷刑。但像他的同志一样，直到最后他还是坚定不移的。

玛丽亚·波尔兹，克拉斯诺登村镇的教员，曾这样描述口儿亚娜·葛罗荣娃，第四个"青年警卫军"队员："她是一个高而美丽的女孩子，面孔微黑，头发卷曲，而她那黑而尖锐的眼睛，暗示了她聪明有热情。她是个敏感的和受过良好教育的女孩子，从未放纵过自己而使感情波动，也没有漫骂过刑讯她的人如像她一些同志那样。她仅这样说道："他们希望以对人民施行恐怖来保持他们对大地的控制！愚蠢的家伙！好像他们能使历史的车轮向后回转似的！……"

有一次，一些女孩子要她朗诵《恶魔》给她们听。"这对于我是一种快乐。"她回答，"我喜欢《恶魔》，它是多么奇异的诗啊！不是吗？试想想，他竟敢于抗拒上帝啊！"小室内已经很黑了。她开始了她悦耳的声调，突然地，她奋激地喊叫，打破了寂静的黄昏。她停止了并说道："他们又在那里受刑了。"外面的呻吟声越来越大了，而室内则肃静如坟墓。几分钟的寂静，随后，在坚决的声调下，她引证道：

为什么你们的勇气日渐衰弱，

斯拉夫的后代，白雪的子孙？

你们的暴君将要灭亡，如像所有的暴君要灭亡一样。

乌儿亚娜·葛罗荣娃也被刑讯过。她的头发反复地被系吊着，背上刻画一五星，把她放在火炉子上，用火红的烙铁烙，以盐搓擦她的创伤。可是即使面对着死亡，她仍然勇敢地斗争着，她曾以"青年警卫军"的密码（暗号）敲监狱的墙壁，向她朋友传递富有鼓励作用的音信："朋友们！不要灰心丧气。我们的军队逼近了。顽强地站着不动吧。自由的日子就在眼前了。我们的军队正在行进着，他们正在向这里来了……"

"青年警卫队"把情报的工作委托给她的女朋友芦巴·希夫索娃。她（芦巴）建立了跟伏罗希洛夫格勒城的联系，而且每月到这城里来几次。穿着最华丽的服装，她假装仇恨苏维埃制度的一个从前大商人的女儿。这给她以混入德国军官中和取得重要文件的机会。芦巴·希夫索娃受了比任何人都长的酷刑。市镇警察承认他们自己的失败，而将她转移到罗温基宪兵司令部来，那里，他们用针刺她的指甲缝，在她的背部上挖剪一个五星。她那愉快心情和不屈不挠的态度，实在令人惊异；在狱中，虽然酷刑给她以极难忍受的痛苦，但她以歌唱来愤恨德国屠夫。有一次，在受酷刑的中途传来了苏维埃飞机的嗡嗡声，于是她笑了并说道："那是我们的人民在召唤着我们！"

一九四三年二月七日，芦巴·希夫索娃被枪毙。

大部"青年警卫军"都死去了。他们真正实践了坚持到最后的誓言。——现在仅剩少数人还活着。在走向刑场的途中，他们歌唱着列宁所爱好的歌曲："感受不自由莫大痛苦，你光荣英勇牺牲……"

他们英雄主义的精神，以及他们的忠心耿耿，证明了他们的战斗力是不可挡的，而这种战斗力是列宁——斯大林教导下的人民的特征。我们最优秀人物——德兹因斯基、基洛夫、奥尔德尼基兹及其他许多优秀的布尔塞维克——的特征,似乎为他们所继承了。

"青年警卫军"绝不是在德国占领区一种唯一的组织——它不是唯一的例外。到处,高傲勇敢的苏维埃人在和敌人战斗着。尽管"青年警卫军"的人员死亡了,而他们是不朽的!因为他们的特征是新的苏维埃人的特征,他们是坚强的人民——社会主义国家人民的特征。(《国际文学》英文版,一九四三年十一月号)

(《晋察冀日报》1945 年 12 月 16 日)

多瑙河之歌

E. 布珂夫 作 邵天任 译

又静了,但仅仅是几秒。随后喊声越发□□,越发大,越发绝望……

黛莎跑到窗口,拉开了窗帘。黄昏的暗影笼罩着街道。可是透过灰色的光还能看见两个穿着德国军服的身影,拖着一个男孩子。他拼命喊叫:"别杀死我!啊呀!别杀呀!救命!……"

声音渐渐小了……一辆马车走过去,孩子的喊声就完全被□断了。

黛莎慢慢地回到桌子跟前,坐下来,开始把手里的一块纸撕成碎片,然后把头偏倚在左手掌上。在白色的墙壁上就现出一个十八岁少女的头影来,蓬松的黑头发凌乱地落在耳朵上、颈子上;黑眉毛和长长的睫毛使这少女一双□思的眼睛显得幽暗、深陷。桌子上煤油灯的昏暗的光在黛莎的脸上绘上很浓的阴影,好像这少女在给一个看不见的画家作模特儿似的。老实说,这个姿态使得姑娘的脸儿显得特别美丽、特别富有表现力。若是在这一瞬间画成黛莎的画像,那画家一定会在下面题上"摩尔达维亚姑娘"或是"□女的沉思"。可是黛莎还有工夫想到画像吗?不,艺术家放下你的彩笔吧,你最好是看一看这十八岁的摩尔达维亚姑娘的心眼上的画像吧,这幅画像可以毫不错误地用"绝望"这个字眼做标题的。

"这不行,"黛莎说,"哪管你拿去扔到多瑙河去……"

思想裂成了□片。少女一阵阵地吐出语无伦次的话来。黛莎的思想也是不连贯的,一会儿浮在现时的表面上,一会儿又沉潜到往事里去,好似那些黑色的野鸭,一会儿在多瑙河的波浪上游泳,一会儿又吃惊地潜到水里去一样。

一九二六年，黛莎刚刚两岁的时候，姑妈菲多拉就把她带到布柴乌城自己家里去了，后来把她送到学校里读书。黛莎只读到中学四年级，因为菲多拉姑妈不愿意自己的侄女继续上学去。黛莎就去服务了，起首在布柴乌邮局的一个科里练习打字，过些时候她就做那邮局里的女电报员了。

"在摩尔达维亚地方，只有贫穷和失业。"每当黛莎怀念故乡和亲人们而请求回摩尔达维亚时，姑妈总是这样说。一九四〇年六月二十八日比萨拉比亚解放之后，菲多拉姑妈直截了当地拒绝了送她的侄女回故乡："谁知道那些布尔什维克是些什么人？"实际上，问题并不在于布尔什维克，而是姑妈把黛莎的全部薪水据为己有而不愿失去它罢了。

当德国和罗马尼亚强盗们侵入摩尔达维亚土地的时候，姑妈就带着侄女迁到比萨拉比亚地方，多瑙河滨一个小城市里去。菲多拉姑妈和罗马尼亚秘密警察局取得联系，因此就委任黛莎做了一邮局的电报员。经过电报员的手里常常有些电文命令，这些命令使得少女从头到□打着寒战，但是她不得不把它们发到指定的地方去。

有一次曾经收到一份从热布利扬镇来的电文报告："十个渔夫拒绝向军队交鱼，已全部枪毙。"电报署名是宪兵伍长赫尔布。姑娘回家之后，关于这件事想了好久，她哭了。第二天她坚决地说："姑妈，我不能再做下去了……"

"呶，呶，你要□□我。"菲多拉姑妈威吓着，"应该工作，执行长官的一切命令，应该尽力取得上峰的喜欢，可是你呢？局长给你送来糖果，你还不给他好脸子？我供你吃、供你穿、供你念书……"

又来了一通老一套的责骂。

即便不骂，黛莎也怕姑妈，现在就越发恨她。但是她找不到摆脱这环境的出路。咽着眼泪,她又坐到电报员办公桌的跟前了。

电邮局的职员欧普利,兼做秘密警察局的包探,好像使人讨厌的牛□子一样,几乎每天都在女电报员的办公桌上□□好久。这是个小个子、秃头顶、四十岁上下的人,黑脸上长满了酒刺。他打算娶这十八岁的漂亮姑娘呢。他执拗地威吓着说要"揭露一切"。

黛莎很为自己的往事害怕,特别使她恐怖的是当她想到秘密警察局可能知道这"一切"的时候。"你知道,你会有什么样的下场吗?你处在一个重要职位上,人家一下子知道了,你……你的家庭……"黛莎这时候战战兢兢地望着这个满脸酒刺的包探的黑眼球儿。

而另一方面,那个倾心黛莎的邮政局长拉式库却警告姑妈说,她的侄女不能再跟欧普利交谈。于是姑妈便对黛莎说:"你要对局长更亲密一些。不要怕,他不会吃你。"

黛莎现在又想起了赫尔布伍长双关口气的话来了。曾经有一次在邮局里,这宪兵眯缝着自己的狼眼睛对她说:"瞧着吧。如果有什么不对头,我马上就宰了你……"

"莫非他知道了关于我的什么事情吗?"少女在桌子跟前呆住了。欧普利……拉式库……菲多拉姑妈……赫尔布……这些名字在她脑子里敲着,好像谁在往她太阳穴上敲钉子一样。这些人的脸孔在黛莎眼前掠过,□知道为什么,他们闪着白光,好像一些宽刃的钢刀似的。

黛莎打了一个抖。当她第二次听到敲门声时,她站起来,大声问道:"是谁?"

一个老头子走进房里来,修整的胡须、斑白的头发。他迅速地望了一下房间,然后就凝视着这姑娘。

"晚安,黛莎。"他说着,一面慢慢地从头上摘下那褪了色的绿便帽。

黛莎忆起这个"愉快的老伯"。在布柴乌,她曾瞒过姑妈同他见过几次面，他对她讲了许多关于她父亲近来的生活。

黛莎高兴起来，一刹那间她甚至忘掉了因这个老头子到她家里而带来的危险。

"晚安，列弗铁里老伯。"

姑娘跑到老头儿跟前，双手握住他的一双沉重的满是皱纹的手，并且吻了它几次。

"啊，是的。你还认识我哪！唔，姑娘你消瘦了！从前你的脸蛋儿红红的，好像苹果似的。"

"可是，你更显得年轻了呢，老伯！"

"因为已经是战斗的生活，所以就年轻了。唔，黛莎，我的时间很少，若是时间多，它就跑得非常快，事情原来就是这样。……"

老头子踌躇了一下，严肃地望着黛莎的眼睛，好像在决定什么重要事情似的，随后坚决地继续说：

"我们在收拾那些狗仔宪兵队和德国人，我们住在芦苇里，鬼也不会找到我们，谁若真□找，就把他往多瑙河里一灌，就完蛋大吉！"

黛莎看看窗子，看看门，随后用恳求的眼光看看老头子，似乎在请他："小声些，小声些！"

"假如你愿意，是能给我们一些帮助的。"

"我害怕，老伯……"

"你先听下去，然后随便怎样害怕都可以。"列弗铁里有些激动地说，"热布利扬镇有一个宪兵伍长赫尔布，你认识他吗？是的，这恶棍又猖狂起来了，比在达达布纳尔（注一）地方干的还毒辣：把五十个人关在地窖里，明天或后天他要把他们全部枪毙。但是我们，你也在内，是不能容许他这样干的。"

"老伯伯……我害怕……"

"黛莎，你知道吗，你的爸爸也就是我的表弟，在达达布纳尔跟宪兵队搏斗过吗？你知道赫尔布折磨过你的爸爸吗？不错，你姑妈把你登记在她的姓氏里去了。可是你想，赫尔布能不知道这件事吗？他这狗只是在等待有利的时机而已。我真可怜你，□发的姑娘。"

黛莎走到老头子跟前，她再忍不住这样大的痛苦了，眼泪哽住了她。她把头俯在老人的胸膛上，痛哭起来了。她啜泣着，把一切都坦白地对列弗铁里老伯讲了。在她的心灵里沸腾着这样多的愤懑，好像这个十八岁的姑娘活过了一百年似的。

"唔，够了。"列弗铁里老伯说着，背过脸去。老人不愿意黛莎看见，含在他眼眶□的热泪。"我的时间很少，可是事情却非常多，如果你能……"

姑娘用一种探询的眼光望着他。

"那么帮一帮忙吧，你是电报局的老电报员了。给赫尔布那狗打一封电报，就说上司有要事叫他到城里来。就说……呃，说什么呢？那么，你就写，说是要对付工人们，为了……那么你自己去弄这样一个东西吧，本来在电报方面是你的特长……我们在特罗费姆桥附近把狗种干掉，就完事大吉！"

老伯不作声了，随后继续叨念自己的心事："我还得弄些子弹……不然，我们三支枪只有十颗子弹。呃，黛莎，电报的事，你能做吗？"

姑娘慢慢地坐到椅子上，把手放在膝上。她一声不响地注视着在窗子中河壁上挂着的一幅图画。

"做完这桩事之后，你就不必上班去了。到玛雅基镇乌梁娜姨妈家里去吧，我们从那里救你出来。"

不知谁的脚步声由走廊里传来。老伯跐着脚尖奔向厨房的门口（他预先就看清了，通过厨房可以到院子里），回过头来，很快地小声问道："这件事你能做吗，黛莎？"

于是他就不见了。

少女一句话也没回答。

天黑了。多瑙河岸的柳树,变成连续不断的一条黑影。突然间万物都寂静了。只有青蛙的叫声从小岛上传过来。

多瑙河滨苇塘里的芦苇都入梦了。四月的微风飞到多瑙河的彼岸,连羊□草也不再沙沙作响,只能听到水□旁边切切的耳语。

"列弗铁里老伯,今夜将是白白地过去了。"史捷芳说。

列弗铁里没作声,过了几分钟之后,他才自言自语地说:"莫非这丫头背约啦?"

就连老头子自己也为这问题烦恼。列弗铁里去看黛莎之后,已经过了两天,他认为他已经跟她谈好了。

列弗铁里、史捷芳以及史捷芳的儿子米特鲁卧在堤边芦苇里,手里拿着来复枪,在等候赫尔布乘车从堤上通过。这是赫尔布进城去所能走的唯一的路。

也许,这宪兵从别的路进城了?米特鲁,已经进城两次了,不,赫尔布并没有去。

"莫非这丫头背约了?"列弗铁里重复着说。

"是的,是……"史捷芳拖着长声说,"黛莎是个胆小的姑娘,并且她的姑妈是一条毒蛇,她可能把全部事情都拷问出来,然后去报告秘密警察局的。"

列弗铁里气哼哼地唾了一口。

"可是我把我们等着赫尔布的地方,也喋喋出去了,我这老混蛋!"

老头子对自己的不满一方面也因他没有弄到子弹。不错,在耶玛克岛上有自己人的团体,玛森加岛上还有游击队,从他们那里是可以弄到子弹的。但是列弗铁里知道,他们在战斗中夺取枪支和弹药是很不容易的。

太阳已经在苇塘的上空升起几米□高了。

"不。我们是白白地等着。一点结果也不会有的。"

"我们等到中午吧,列弗铁里老伯,随后……"

"爸,若是我们在赫尔布的家里干掉他,怎样?"米科鲁犹疑地说,"我们赶到镇上就……"

史捷芳看了儿子一眼。"不是懦种,完全像我一样。"他想着,几乎令人难以觉察地笑了一下。他很爱自己的儿子,正像史捷芳自己常说的,他是"达达布维尔时代的旋风生出来的"。他希望给予儿子那能在他胸中鼓舞愉快和力量的东西——自由。是的,从前曾经是达达布纳尔的暴动者,现在当多瑙河的游击队员的史捷芳,就是为了他的儿子,为了摩尔达维亚一切儿子们争取自由而奋斗、而生活的。假若宪兵的枪弹威胁着米特鲁时,史捷芳一定会用自己的胸膛去卫护他。

"在赫尔布家里干掉他?"史捷芳反问道,"只带十粒子弹三支步枪不可以进村子,那里驻着二十来个宪兵,一个步兵排和一些德国自动步枪手,将来不久我们集合成一支大的队伍,我们人是不少的,那时再进村子。"

"现在我们应该离开这里……我这个老不中用的脑袋弄错了。"列弗铁里痛心地说,摇摇头。

猛然间,史捷芳抓起了来福枪。

"你看见了吗,列弗铁里老伯?"

"什么?"

"瞧,芦苇在动……有人来了……"

"爸,我去看看……"

"不准离开位置……"

"史捷芳严厉地命令着。"

三个人都把枪口朝着有人用手拂动着芦苇的方向。已经能听见，芦苇在谁的脚下沙沙作响，脚步声沿着小路响着，列弗铁里放下了步枪，其余的人也把自己的枪放到草上了……来的是黛莎。

她深深地喘息着，在列弗铁里老伯对面蹲下来，递给他一个沉甸甸的匣子。

几秒内大家都没出声。

"好容易才找到你们……这是子弹。"

"怎么样……"

"我全做好了，都……赫尔布已经乘车由热布利扬出发了，一会儿就要从这里通过，沿着河堤……"

史捷芳打开了子弹匣，他眼睛里闪着火焰，好像一个探口人突然在土里发现一个盛着宝物的匣子，打开之后，被钻石的光辉所眩惑一样。

"带上子弹吧。"史捷芳说着，一面把一排一排的子弹塞进衣袋里，"米特鲁，你带着黛莎乘着平底划子到岛上去。我们俩在这里对付。"

"爸。"

米特鲁的声音响起，即使人家拿枪托打他的胸膛，也不会像他父亲的话所引起的痛苦，那样使他感到疼痛。况且还有这个陌生的姑娘在场！她可能想到米特鲁不会放枪，或者他简直是个胆小的人。

"我把她送去还要回来。"青年游击队员坚决地说。

"老伯，我哪里也不去，要留在这儿。"黛莎说，"我已经不害怕……"

"假如这样，"史捷芳的声音里充满了迅速决定问题的果决，"就去把平底划子和大舢板准备好。我们散开些。我隐藏在左边开枪，列弗铁里老伯,你藏在这棵柳树旁边,米特鲁在靠近舯板的地方,黛莎,你在船上等我们。战斗一结束,就上船到芦苇里去……"

每个人都在自己的位置隐蔽起来了。只有黛莎没到船上去,她在米特鲁身边坐下来。

"你打得一手好枪吗?不害怕?"

"打猎时倒打得很好,仗却没打过,这还是第一次。不过没什么可怕的。"米特鲁补充了一句话,眼睛直看着黛莎。

少女的眼光一会儿从水渠的水面上溜过,一会儿追着鹤群,一会儿迷恋地注视着小岛岸边的毛茸茸的翠柳,最后攀上一株白杨的梢头,出神地停在那里了。不知怎样,那支美丽的新歌子的词句就浮上心来了:

> 听哟,听哟,
> 自由的多瑙河在高声呼唤,
> 呼唤你到幸福的岸边,
> 到我们光明的乐园。
> 听哟,听哟,
> 多瑙河的歌声是多么雄壮……

在四月的晨光里,多瑙河的风景要用几百种颜色才能渲染出来。此刻在远处的土堤上,出现一个小黑点,慢慢地向前走来。游击队员的四双眼睛立刻就注意到这小黑点,并且一直盯着它。无论是多瑙河的水渠、岛、鹤,一切都溶解了,消失了,只剩下这蠕动的小黑点。在整个世界上也只有这个渐渐增大的黑点了。

史捷芳跑到列弗铁里跟前大声地说,为的是使米特鲁也听到:"我要先向赫尔布开枪。我愿意亲手送他的狗命。"

已经可以清楚地辨识出土堤上乘车的人了。前面的马车上坐着赫尔布,他身旁坐着一口穿便服的人。后面的辎重车上坐着四个宪兵。马一步一步地走着,在远处看不出来是赫尔布。如果谁从埋伏的地方用望远镜看一下,他就会看见那个圆得像南瓜似的宪兵伍长的脸。这张脸发着光,就像登上断头台,期待着一种为一般人所不能了解的满足(这种满足引起人□呻吟、痛苦和牺牲者的血)的喝人血的刽子手的脸一样。

一只杜鹃从苇塘上飞过,它的"咕咕"的叫声在芦草上空响着,然后就消失在小岛上柳叶后面了。宪兵们越走离桥越近。史捷芳眯缝着左眼,马车就出现在枪的准星上了。"还不到时候。"他想,一面随着马车的前进移动着枪口。这支枪——他把它擦过多少次,用他那长着茧子的手抚摩过多少次呀!他也只是这样亲爱地抚摩过他的小米特鲁。史捷芳担心在紧要关头上他的枪不发火。

史捷芳把头往右边转了一下,看见米特鲁是怎样地在瞄准着宪兵们,米特鲁也时时望着他父亲,这会儿一种奇异的感觉罩着他们父子俩。父亲怀着对儿子的爱,怀着对儿子复仇的热望,其中也搅和一点担心,怕他先射中赫尔布。儿子呢?也怀着对父亲的爱,有□父亲复仇的青年的热望和一点嫉妒心,怕父亲先射中那刽子手。

马车已经很近了。史捷芳推上枪栓,从小岛上传来了回音。宪兵们吓□了。赫尔布从马车跳下来后隐蔽起来,躲在马背后,好像一只受了惊的野兽;他缩着身子,蹲在车轮后面,这个害死过几百人的刽子手,把牺牲的人视同畜生一样的东西,对自己的死比任何人还怕。

宪兵们还击的枪声响了,他们是在辎重车后面射击的。在芦苇里子弹嗖嗖地似乎显得特别尖锐。列弗铁里□准还击和辎重车的轮子周围打。米特鲁的枪一直沉默着。猛然间,马飞快地向旁边跑去,马车滚到堤畔□里了。赫尔布失掉了掩护,又肥又蠢的宪兵伍长几乎把身子折成两段,用四条腿,狗熊似的直奔柳树跑去。在这一瞬间,米特鲁的闪着火焰的右眼,准星瞄上了这个宪兵伍长。于是……必须看一看这个开始自己战斗生活第一次射击的十八岁小伙子的脸孔,才能了解米特鲁的胸膛此刻为什么时时高高鼓起。宪兵伍长赫尔布,达达布纳尔暴动当时的刽子手，在德国和罗马尼亚法西斯匪徒占领苏维埃摩尔达维亚的一些日子中，摩尔达维亚人的戕害者，被米特鲁的一颗子弹惩罚了，这是青年游击队员的第一次射击。

宪兵们不再放枪了，史捷芳起来沿着水堤匍匐前进，其余的人随着他。宪兵们的尸体□乱地躺在大路上，只有穿便服的人还在动弹，史捷芳认出来了，他是秘密警察局一个有名的狗腿子。

赫尔布仰面朝天躺着，肥大的肚子向外鼓着，青色军帽滚在他的脑袋旁边。

游击队员们拾起宪兵们的枪和子弹，坐上小船鸦雀无声地向多瑙河边芦苇里去了。

在长时间的极度紧张之后，每个人的神志继又清醒过来，像飘散了的经轰然巨响之后突然沉寂的大炮的烟雾一样。两只船并排走着。列弗铁里和史捷芳坐在载着武器的大舢板上，米特鲁和黛莎坐着平底划子。

"事情干成功了，就完事大吉！"列弗铁里压住桨说。

史捷芳继续沉默着。他眯缝着眼睛，茫然地望着芦苇。

列弗铁里继续说："呐，米特鲁，快划，瞧，不然你会落后的。黛莎，你为什么闷闷不乐？是不是吓着了？"

"我是有点，老伯！……不，以后就不害怕了。这是因为不习惯的关系……"

"我原来想，这事还要困难些，可是结束得这样快。"米特鲁张大了嘴笑着。他眼睛里闪着火焰。他希望有人提起赫尔布来，因为事实上是他，米特鲁，结束了这个宪兵伍长。这事大家都看见了。列弗铁里和黛莎都看见了。是呀，黛莎也看见了。难怪她特别高兴地、带着一种他所不能了解的微笑时时望着米特鲁。

米特鲁忍耐不住了！

"赫尔布怎样打翻了的，你看见没有？"他说。（实际上是想说：

"你们看见吗？我是多么准确地打死了这刽子手？")

"你痛痛快快地把他干掉了。好小子，米特鲁！你现在抵住我了，就是说：你是个青年。"列弗铁里□了一下眼睛，"是青年，并非因为你年龄小，只要能战斗，就是青年。至于那些在外国狗仔来到房跟前狂吠的时候还躺在炕上的人，哪怕只有十五岁，也是老头儿，只是个废物，而不是青年小伙子。不就是这样吗？难道青春能在宪兵和德国鬼子面前低头吗？枪弹打掉他们的牙，就完事！"

"你说的老实话，列弗铁里老伯。"史捷芳好像才定了神似的，慢吞吞地说，"现在我们每个人必须有四只眼睛和十双手才行。今天很容易，明天也许就困难，也许非常困难。我们必须像磐石一样坚强。你是不能使磐石屈膝，也不能从它身上挤出眼泪来。若是打它，就会迸出火星。哎，我们打完这些狗种时再休息一下，乐上一乐。"

"还要同红军战士们跳舞，爸爸，跳赫拉舞（注二）哩。"

船儿消失在芦苇丛中了。只有晚风和多瑙河上的小鸟看见了游击队的去处。（译自希珂夫选集《我看见你了，摩尔达维亚》）

（注一）一九二四年九月，比萨拉比亚南部达达布纳尔地方发生农民暴动，反抗罗马尼亚统治者，结果被罗军镇压下去。达达布纳尔附近村落被焚毁，农民死千余人。一九二五年五百人被送交军事法庭，审判结果，九十二人判罪内三人被处以死刑。

（注二）赫拉舞是一种农民舞蹈，同时唱歌，好像我们的秧歌舞。

（《晋察冀日报》1945年12月17日、18日）

列宁和卫兵

左琴科

有一个青年工人洛班诺夫同志,守卫着斯莫涐宫。就是说,他站在门口检查着通行证。

到斯莫涐去的一切人的通行证,他都检查着。因为如果不检查——或许有什么形迹可疑的人,或者什么敌人,或者骗子,会混进那儿去的,而且这是在革命最初的时候,要特别警戒的。

这位洛班诺夫,就站到斯莫涐门口里当卫兵,检查着通行证。

可是,他是一个赤卫军,而且是普吉洛夫工厂的工人,对革命事业非常忠实。因此,才叫他守这样负责的岗位。

他站到这岗位上,身边带着手枪,腰上挂着手榴弹。心情是雄壮的。

他对走到斯莫涐跟前的一切人说:"稍等一等,同志!未进门以前——请叫我看一看你的通行证,我好知道你是哪一位。我初次值日,面孔熟悉得很少。"

啊,当然的,每一个到斯莫涐去的人,都把自己的通行证给洛班诺夫看一看。

"现在就请进吧!我没有什么可为难的。"

那么,请你想象一下吧!列宁在走着。他步行着,很朴实,穿着自己的秋天的外大衣,戴着便帽。

他沉思地走着,甚至往两边看都不看,他深深地浸沉在自己的思想里。

走到斯莫涐门口里,想要进去。可是卫兵洛班诺夫不认识列宁的面孔。那时相片印得很少,而列宁自己刚来到列宁格勒不久。啊,当然,洛班诺夫不会以外表认识列宁的。

总之，列宁走到斯莫涩门口了，洛班诺夫就对他说："稍等一等，同志！请叫我看一看你的通行证！"

当然，别人要处到列宁的地位，一定嚷道："如果你没有看见谁在走，请你好好看一看吧！我是列宁。"

可是列宁没有反对，却相反，他仿佛从自己的沉思里醒悟过来似的，低声说："啊哈，不错，通行证呵！对不起，同志，我现在给你找。"

于是就在衣兜里找起自己的通行证来。

可是，那时候有一位长着小胡子的人，走到斯莫涩门口里，看见卫兵不放列宁进去，愤怒起来，就嚷道："这是列宁呵，放行吧！"

洛班诺夫低声地对这个人说："没有通行证我不便放行的。在这以前，我还没福看见列宁同志呢，并且我连你也不认识的，甚至还没有看过你的通行证呢。"

那位长小胡子的人更愤怒起来，嚷道："请赶快放列宁进去吧。"

列宁忽然说："不要盼咐他，尤其不要嚷他。卫兵做的完全是对的，秩序对一切人都是一样的。"

这时，列宁从旁边的衣兜里掏出一张纸片，在这里找出了自己的通行证，把这交给卫兵。

洛班诺夫抖颤着，展开这张通行证就看见：是的，这的确是列宁的通行证。

洛班诺夫行着举手礼，对列宁说："请你原谅我要了你的通行证，列宁同志。"

列宁回答道："同志，你做得很对，谢谢你认真服务。"

（《晋察冀日报》1945年12月24日）

列宁在理发室里

左琴科 作 曹靖华 译

有一位工人伊凡诺夫,因公到克里姆宫来了。

他从彼得堡到克里姆宫的军械库里交武器的:步枪、马刀、刺刀、手枪及其他的军火。

他把自己的事情好好地办妥帖以后,就心神自若地在克里姆宫散起步来——他想着能在这里什么地方,看一看他早已想看的列宁同志。

可是他到处也没遇见列宁,于是怅然若失地就进到克里姆宫的理发室去了,想着:剪一剪发,刮一刮脸,弄得整整齐齐好回家去。他就进了克里姆宫的理发室,排了班次。

理发室里的人很多。两个理发匠在剪着发,刮着脸。顾客们在等候着。

伊凡诺夫在这理发室里坐了二十分钟。时时刻刻在可惜着他哪里也没有遇见列宁。

忽然门开了,进来了一位顾客。于是一切人都看见了他——这是列宁,是人民委员会主席来了。

于是,理发室里的人们都站起来说:"你好吧,列宁同志!"

我们的工人伊凡诺夫也问了好,幸福地微笑着,望着列宁同志,想好好地把他记住,以便后来对别人叙述这次的会见。

同时,列宁同志也同一切人问了好,就说:"唔!谁是末了的一位?"

大家都惊讶列宁这样地问着。大家都想到:如果列宁等着班次,这是不好的。他是政府的首脑,每一分钟对他都是宝贵的呢。

于是,在理发室里的一切人都争着对列宁说:"乌拉基米尔·伊里奇,谁是末了的一位,这不要紧。现在空出位置来,我们请你不挨班次地先理发吧。"

列宁说："谢谢诸位同志们，不过这要不得的，应该排班次和守秩序。我们自定的法律，应该在一切琐碎的生活里去遵守它。"

列宁说着这些话，就拉着一张椅子坐下，从衣袋里掏出一张报纸开始看起来。

那时，我们的工人伊凡诺夫，从椅子上起来，心神很不安地对着列宁同志说："恰好我的班次轮到了，可是我宁愿五年不刮脸，不愿使你等候。列宁同志，如果你不赞成破坏秩序，那么，我有合法的权利把自己的班次让给你，我占你的最末一位的班次。"

于是在理发室所有人都说："他说得很好，很对。"

理发匠拿着剪刀，也说："乌拉基米尔·伊里奇只有照工人所请的做吧。"

那时列宁就微笑起来。大家都看出他不愿叫工人丢脸子，也不愿意理发匠和顾客们心里难受的。

列宁把报纸装到衣袋里说："谢谢。"于是就坐到理发椅上了。

大家都看着理发匠小心地、温和地给他刮着脸。

大家都望着列宁同志，想道：这是一位伟大的人物，可是也是如何的谦逊呵！

理发匠把活儿做完了。列宁走出理发室，对大家说："再见吧，同志们！谢谢你们。"

（《晋察冀日报》1945 年 12 月 24 日）

保加利亚的节日

N. 吉洪诺夫

十一月十八日是保加利亚人民生活中发生伟大的历史事件的日子。在这天,保加利亚进行了人民议会的选举,祖国阵线获得了光辉的胜利。反对派的一切阴谋诡计都不能阻止人民明确地表现自己的意志。

未来的历史家将按照实际叙述它。可是未来的历史家不得不去搜寻尘封了的文件,而对于目击此一事件的现代人,它却显现为一幅五光十色的、辉煌壮丽的和透入底蕴的图像。

在这一天,保加利亚人民在全世界面前表现了自己的统一。渔夫、畜牧者、坑工、卷烟工人、索菲亚的工人、马里斯克盆地和大、小巴尔干高原的农民、将军和兵士、知识分子、牧师、女人和男人、乡村中的老人和首次参加投票的青年和少女——所有这些人都带着高度的责任感和相信人民事业会胜利的心情走向投票箱去。

在这一天,我看见了保加利亚人,在索菲亚本地和在索菲亚以外。他们去参加选举如去参加节日一样,一切的行列都是井然有序的。

每一选举区的入口都饰以绿色标语,祖国阵线政党的旗帜。房子内都悬挂着人民议会候选人的相片,游击战争英雄的相片,已故的伟大的爱国者的相片。到处都悬挂着乔治·季米特洛夫的巨幅相片。

星期日保加利亚人通常都起得迟些,但是这一次在早上八点钟就到来了第一批选举人,跟着人们就像潮水样地涌来,在进行投票的房子跟前排成一长串,耐心地期待着,一个个都是精神振奋和喜气洋洋的。

人们站在台阶上、平台上、走廊里，一有老者、弱者和病人出现，立刻就很有礼貌地让他们先走。病人是由他们的亲戚朋友扶着来的，嘈杂的呼嚷声一分钟也没有停歇过。忽从街道上传来一阵歌声，就有一群学生或许是某一工厂的工人走过来，他们是约好了一起来投票的。

在学校的入口处坐着一个很老的女人。她的年纪总在七十以上，但她的一双眼睛却炯炯有神，看到这群快乐的青年人，在她的苍白的嘴唇上露出了贫弱的微笑。

"坐下歇歇气，"她向问她的人说，"我不能一次走完台阶，可是我要走上去，我来就是为了这个。"

一个小孩很欣羡地望着成年人，几乎要笑了，说："唉！为什么我还不到十九岁呢？"他的话说得太天真了，以致大家对他的深沉的悲哀发出了善意的微笑。

在另一选举区的入口处人们老站着不肯走，等候着熟人，带着一种南方人的性格交谈着消息，唱着歌，欢迎新来的投票者。

街道比什么时候都活跃，在铁路队里来了一群伤病战士，一部分拄着拐杖，另一部分拄着短棒。这些曾经是新保加利亚的兵士，为争取保加利亚的独立与红军并肩作战，在马其顿、匈牙利、奥地利都击毙过不少的德国人。

当我看到这一群一群挤满了各个选区的索菲亚人，我就想起了为什么反对派在施尽了一切挑拨、欺诈的伎俩之后，又在星期六那天散布流言，说是一定要发生某种事故。他们想用这种莫名其妙的东西来安慰自己，甚至作这样的异想天开：有某一个人将对不服从他们的保加利亚人民投下一颗原子炸弹……这种愚蠢得出奇的想法竟被他们放进城里来。

对于吉契夫·彼特诃夫之流，全民的选举的不又正如一颗原子炸弹一样。

反对派不敢破坏选举的井然秩序，而只能用某些顽固的谎言家和绝望的观察家某一方面，从他们的幻想中来虚构关于十一月十八日的各种各样的童话。

一切有关选举的规则都被严格遵守着。我在贝尼克看见院子里放着一张桌子，桌子上放着民兵的来福枪，他们正在投票。任何人不准携带武器进入举行投票的房子。

贝尼克并不大，可是他的居民的热情也不让于首都。他们也有首都居民在十一月十八日进行投票时那样的热情。

这热情不是表现在行列里，也不是表现在演说里，因为在这一天鼓动不应当占有位置，而快乐的兴奋，过节日的心情，对于自己的正当之坚决的信心才是占首要地位的东西。母亲和父亲，手里牵着孩子走着，青年人手挽手走着。我也看见了被秋天的黄土山色围着的小小的拉德米尔，也是这样的狂热、活跃、安静。在那里的一个叫做普罗瓦林兹的村子里，在进行选举的一座学校舍门前站着的一群人中间，我看见一个老头子，同一个面孔阴沉的、秃顶的人在争辩。他没有戴帽，老头子气昂昂地说："走吧，跟我一样工作，搬运石块，你就会懂得祖国阵线为我们工人已经做了什么，然后你再去吹你的反对派的乱弹琴，咀嚼你的外国话。"

我问面孔阴沉的反对派，是否有人强迫谁去参加选举，对于那不去投票的人有没有什么威胁，投票是否自由进行。

他没有马上回答，但是由于周围的人都在望着他，期待他的回答，他说："选举是自由进行的，没有谁驱使谁。"

在贺德赤加，娥士苛林有一反对派的观察家，在这一天快完时，他离弃了观察家的地位，拒绝它而去投祖国阵线的票。

可是并非一切的反对派都是这样，远非如此。他们中的另一部分在索菲亚印发许多反选举的传单，白天不敢散发，晚上散在街上。另一部分则印了一些伪造的公告，想强塞给选举人。在老萨果尔，离勃洛作瓦不远，反对派故意寻□，想要破坏选举，可是毫无结果。在他们的队伍中，甚至不能拉稳昨天的同志。

许多人在这一天都离弃了彼特诃夫和吉契夫的阵营而投祖国阵线的票。比路斯民兹村，吉契夫的出生地，那里的农人把发给祖国阵线中央委员会的电稿印成小册子，主要内容如下：

"英勇的比路斯民兹的联合起来的农人一致申斥季米特里亚·吉契夫，因为他与叛徒彼特诃夫同流合污。我们，比路斯民兹人在亲戚朋友的关系上不是唯心主义者。让吉契夫和彼特诃夫老爷知道，我们，一八七六年四月养育成人的儿女，现在决不背叛保加利亚人民。我们宣布：我们要坚决地保卫祖国阵线的政权，与兄弟的工党合作，同它共患难已历二十余年。仅仅我们一个村子就已献出了二十八个优秀的儿女，他们是被法西斯杀害了。

"今天这些老爷们又成了反动的传导体而侮辱光辉的九月八日。让那些联合起来的农人知道，我们决不盲目地跟随出卖的领袖走。恢复过去是不行的！

"比路斯民兹的农人的友谊。

"主席斯柏斯托雪夫。书记斯托阳·阿吉罗夫。"

在这一天索菲亚附近波儿纳村的彼特洛夫的密友，离弃了他而参加投票，转到祖国阵线方面来。

我在杜尔干村看到了十五人到二十人成群地举着旗子，吹打着乐器走向选举区去。一个兵士在旁边看他的胸前挂着保加利亚的战斗奖章和我们的奖章，奖章上有一深橙色的丝绦"为了战胜德国"。

我问他在什么地方打过仗。

他说："我在马其顿尼亚打过仗，从德国人的铁蹄下解放了塞尔维亚。"

他用左手抓住右手的手关节,摇动它,他的一只手是不能动了,像一支棒。

"我残疾了,"他说,"在战斗中我失去了我的右手,而只留下手的残骸。可是我们今天胜利了,再来一次胜利!我投了祖国阵线的票。一切人都将这样投票!"

在斯杜德诺村的一个学校里也挤满了这么多的人,宽大的学校走廊容不下而沿着楼梯站着。虽然这样拥挤却没有使人灰心。我问一个高个子的保加利亚人,他穿着黄色的缝补过的短外套:"等候次席,人们不累吗?"

"不,"他回答着,惊异地闪动他的大眼睛,"人们好久就等待这一天,怎么会累?他们现在站起来了!"他对于自己的诙谐微笑了。

在乌尔诃瓦村,少女们都穿着全国流行的服装——上身穿着黑白色的丝质的短衣,有光泽的袖子,下身着裙。她们站在街上。天气是够冷了,从山谷吹来刺骨的风。

"你们不冷吗?"我说。

"不,我们有热血。"一个名叫葛拉珈的回答。

"我们在过一个很大的节日。"她的女友伊温珈说。

有一个当地的居民、技师向我们走来,说:"在我们的小小的村子里将有大大的胜利。"

"难道你们一点没有怀疑吗?"我问。

"什么怀疑!祖国阵线就是我们,这就是保加利亚的呼声。"

周围我所看到的都是快乐的人们,只有几个外国记者脸上露出绝望的表情。

我知道有一个保加利亚的最老的人——伊凡诺夫·哈莱士多,不久以前享到一百零五岁的高龄,他也投祖国阵线的票。他住在弗里不尼兹村。

中午时我又回到索菲亚。选举已经结束,但是空气中已有胜利的征候。人民,这么深刻地体验了废除了选举的时日,十一月十八日一走出自己的家门就相信会胜利,这种胜利的情绪由一人感染给另一人。

当天完全黑了,时钟指着七点的时候,选举区的门才关闭。但人们纷纷拥向窗口,向里探望选举委员们凑集在一起的几张面孔,看看选票的总结如何。

夜幕罩住索菲亚,下着轻微的雪,雪片在探照灯光底下旋转。

人民银行前的空场上挤满了黑压压的人。在银行的台阶上站着人,在入口的高平台上前线剧社的舞蹈艺人在跳舞。他们的跳舞一终止,全场就掀起一片喝彩声。当跳舞不能容纳全部群众时,人们手牵手围成一个圆圈,圆圈越来越大。在大圆圈内又转着小圆圈,所有的圆圈都是依着活泼的、自然的、优美的农民舞的节拍移动着。

在舞踏□的头上飞升着火箭和照着探照灯,灯火辉煌,到处都是跳舞和唱歌。这是狂欢节,真正的人民的节日。到处都可听到笑声和快乐的歌声。无线电播送歌曲、音乐。在每一节目之前宣告人总要说几句明晰的话,提醒这一个伟大日子的历史意义。

早晨的报纸报导祖国阵线在全保加利亚取得完全的胜利。(王子野译自十一月二十二日《红星报》)

(《晋察冀日报》1946 年 1 月 29 日)

美国的悲剧（节选）

[美] T. 德莱塞 作

第二部　第四十节

这时候发生的两件事情，更加强了克拉图和劳泼特对立的情绪。第一件是有一天晚上克拉图在中央大街邮政局前面和娜拉白拉·斯特克站着谈话，一下让劳泼特看见了。那时候娜拉白拉坐在漂亮的汽车里。虽说是等着从斯特克大楼出来的父亲，可是那极尽豪华的摩登衣服，能够使劳泼特充分地想到：这围绕着克拉图的一切是怎么样的阔气。她再想起答应了自己的要求，克拉图得受到很大的损失，相反的自己所能给予他的是那样渺小，便不能不灰心了。

那天晚上，她在回家的路上，边走边想到失去爱和幸福，永远的，是的，永远的！再也不能回来的时候，与其说是生气，毋宁说是悲伤！

另一件是克拉图，在那时非常意外地偏又看见了劳泼特乡下的家。那是第二个礼拜天的事情：他们开着汽车到阿劳湖的德兰贝尔的别墅去，可是到毕兹附近一道街转弯的时候迷失了路途。那时候开着车的德莱西·德兰贝尔说：谁到那拐角的家里去问问，这条路能不能去毕路兹。因为那时克拉图正坐在车门的旁边，所以立刻跳下车跑去了，但在那破落的荒凉的老乡家的信箱上写着泰一泰斯·爱尔丹，劳泼特的父亲的名字，使他吓了一大跳。立刻便想起了他曾听说的她的父母住在毕路兹的附近。便迟疑着进去呢还是不进去呢？因为想起来他给劳泼特的小相片，也许让她家里看见了，□，即使他们没有看见，这样破烂不堪荒凉的家就是她的家，他便想要跑回去。

可是，那时候和他并排坐在汽车内的逊德莱嚷起来："怎么啦，克拉图？你怕狗咬吗？"克拉图立刻理会到让他们怀疑可是不好的，便鼓起勇气往前走去。但是因为那家越□越荒凉，心里更觉着失望啦。实在的，那怎能叫做家呢？墙也倒啦，房顶也烂啦，烟囱也坏啦，并且在房子周围还乱七八糟地堆着洋灰的碎块……

"噫，嘘！"这就是劳泼特的家呀！可是她把逊德莱和他的同伴莱可加斯拆散，要求和她结婚。然而现在逊德莱不是从汽车里正看着这个家吗，这是多么贫穷的家！可是自己早已不像这样穷了！于是克拉图带着刺痛心坎的厌烦的心情走近门口去了。刚一走到门立刻就开了。那穿着皱褶了半截袖子的袄，鼓鼓囊囊的棉裤，破烂不堪的乡下鞋的泰一斯泰·爱尔丹摆着一副讯问事情的面孔出来了。因眼睛和嘴与劳泼特非常相似，克拉图一边稍微后退了一下，便尽可能简单地打听了去公路的道儿。但泰一泰斯没有简单地答"是"，反而特意地走到院里去告诉他：若是走近道的话，那么，从这儿往南走二里来路，以后往西拐就行啦。克拉图还没等他的话说完，便转身跑走了。

实际上，现在对于他最难受的，是想到莱可加斯连类似这样一切的东西——逊德莱——将要到来的春天和夏天——恋爱的罗曼史？以及富贵、地位、权威——都将要给予他的时候，反倒把那一切都抛掉。非得在某个地方和劳泼特结婚不可的事情，那是多么可怕呀！而且那样年轻就要有个孩子，仅仅□了二三夜的寂寞和劳泼特□发生那样的关系，自己是多么愚蠢呀！自己为什么都不能等待着另一个世界□□的到来呢？只要光等着就好啦，可是现在很明显他要不很快地攀附她，立刻他就再会为原来的精神捉着，一辈子又只好再为和他那家族一样痛苦的生活来奔波。他们那样相似的童年处境，最初的恋爱的情景，现在虽然有些模糊，可是又开始想起来了，到底为什么造成了这样的结果呢？所谓人生是多么奇妙啊！可是比这还令人焦心的，还是今后的问题。他在路上想起怎样解决的事情来了。若是劳泼特或她的父母，即便告诉他的伯父或格尔巴德一句话，那他不是很快就要毁灭吗？

正在焦虑着的克拉图不知不觉地停止了刚才那样的瞎扯，沉默起来。于是坐在他旁边一直谈着这个夏天的计划等的逊德莱便轻轻地问道："怎么啦？你。很不舒服吗？不能再和逊德莱笑一笑，握握手吗？克拉图。"

她撒娇地说着。一偷着看他的脸，克拉图就自然地尽力装出一副愉快的面孔。可是就是接近了这样动人的媚态，□劳泼特的面影啦、最近说的话啦以及除去一块儿逃跑便没有办法的一些事，仍然扰乱着他的脑子。

他忽然又想起逃出坎撒斯市时候的情景，这回也想照样再来一下。可是，这么办便不但得丢开逊德莱，连伯父也得丢开。再一次到各地去流浪的事情，能叫母亲知道吗？如果真这样的话，伯父和伯母他们要说什么呢？一定把他的事情告诉母亲。到底那算怎么回事呢？转来转去到各处去流浪，那就是他的一生吗？不，他决不能第二次再从这儿跑出去。无论如何，自己也得找解决的道路。

是，不论怎么，非这么办不行！

第四十一节

在这期间，文秋莱一家出发的六月五号渐渐地来到了。无论逊德莱很肯定地说，在第二个或第三个礼拜六，一定到克兰□顿的别墅来并且在最近是这样地命令着，但就是这样，克拉图还感到和□别离是很难受的。再加上对于劳泼特现状的顾虑甚至使他痛苦了。事实上，和这同时劳泼特的恐慌和要求已经渐次厉害起来，不能再拖延和听任何争辩的时候了。他执拗地说：自己的身体已闹到不能再在工场里隐瞒下去。那大半虽不过是她的过虑，□就因为这个，甚至于连睡觉都不可能了。她还根据着想象说：常常"阵痛"（注）。并且说：要这样的话，不立刻到个地方去按约定来结婚就坏啦。只要结了婚，按置□身体，以后什么也不管都可以。她主张：就是现在这个时候，最晚到十五号得履行婚约。

可是对于克拉图来说，那不但意味着不能去十二号湖，而且也等于和逊德莱离别，并且他也决不可能存有举行婚礼的那些钱。关于钱，劳泼特也开始声明有一百多元的存款，可是那够什么用呢？若是一定这么办，他只要在那个地方找个事凑合上一些生活费就可以啦。但是那样艰苦的生活怎能做得到呢！那不是断送了他的美梦吗？可是若谈到他那种愚蠢的想法，也仅仅是在这时，暂且先让她回到乡下的家里去；他打算在那期间攒些必要的款项。他虽然也说过：至少过三四个礼拜就能有了一些必需的款子等，这样连自己也不相信的话，但必要的费用最少是一百元到一百五十元，那么，连四十元都不到的克拉图的薪俸，又怎能储蓄得来呢？况且在那期间他不是说也要去十二号湖吗？

可是克拉图为了让她暂时回乡下去，还附加了别的理由。那就是，若是这样到别处去结婚，预先就得给她做衣服，那么不可以拿一百元的储蓄金做这种用吗？

完全绝望了的克拉图连那样的话都说了出来，虽然为自己的不安和忧虑所烦恼。连结婚衣服、婴儿的童衣都没有，才开始想到不管他的本意在哪儿，好歹在这时候请上两三个星期的假，找上一家裁缝铺，这么准备准备也绝不是怎么坏的事情。她想起在什么地方的电影，想做件花纹线绸的晚礼服穿着结婚，并且为了陪□那个，想做顶大檐的漂亮的灰色帽，青哔叽的旅行服。那样一来，是会枉费金钱和时间的？第一在克拉图说来，还不一定有结婚的诚意？一直到了这种地步才结婚，一般的是很惨淡无味的，关于这些事，劳泼特好像满不在乎似的，内心里为了结婚的点缀而波动了。可是奇妙的劳泼特所以能一面保持着这样不安定的关系，一面还能这样想的缘故，就是她仍以恋爱初期的眼光，照旧现在去观察克拉图。他是格里费□家的一员，只是没有什么钱，但纯粹属于社交界的青年，所以不用提和她同样的姑娘，就是比她阶级高得多的姑娘也都盼望同他发生这样的关系——最后进入结婚阶段。他虽然不愿意和她结婚，但他确是有地位的人，所以那方面只稍微爱她的话，她就感到十分幸福了。何况他还一度爱过她呢，并且也常听说：男人一有了小孩就会改变对母亲的态度，重新去爱她的。无论如何，好在时间也不长啦，尽量能在生小孩以前把他留在身边。

对于克拉图的极端的冷淡，虽然一面感到非常不安和苦恼，但她多少沉静的缘故，就是因为想到这个。于是她给乡下家里发了封信说：近来因为身体有些不好，想回家居住两个礼拜左右，一面休养，顺便也想做两三件衣服，同时也写信给克拉图说，希望送她到芬达去。（陶然　米拉重译自日文《现代美国小说全集》之第三卷）

（注）产妇临产时，有规律性地腹疼。

（《晋察冀日报》1946年2月4日）

怪　物

左琴科 作　赵洵 译

在政委前面，身子挺得笔直地站着一个德国俘虏。他是装甲坦克团的上等兵。

这位上等兵的样子很特别，他长得挺像希特勒。他留着小胡子，头发梳在前额上，有一种奸诈的、狐狸般的微笑。

真的，这种和"元首"的酷像，谁也没有注意，但是上等兵自己要求注意这种情况。

他说："大概，俄罗斯人还不太熟悉元首先生的照片，我没有看见那种我所习惯了的惊异。"

"您和他很相像吗？"政委问。

"我并不夸大，"上等兵说，"但是，在德意志、在波兰，人们在和我相遇的时候，都是哆嗦的。"

"是怎么？是你人工弄得相像的呢？还是天生成的呢？"

"哦，不是，天生可不成啊！"上等兵答道，"这是两年时间的工作。我在康伯茵森林看见过'元首先生'八次之多，我研究了希特勒先生每一个小动作——他的步法、手势、微笑。我做到了：当我们团的军官们一遇见我的时候，脸都苍白了。"

"您为什么需要这种游戏呢？"政委问。

上等兵的脸变得紧张而愚蠢，他说："这不是游戏，在这里有重大的国家意义。我认为，在每一个军事单位，同样地，在任何一个机关里，应该有一个像希特勒先生的人。我觉得，这会给以绝对的效果的。每一分钟，士兵都会在自己眼前看见希特勒先生的形象。他就会感到害怕，让他甚至于恐惧，打颤，然而为此他将有完全的准备完成指挥部所要求于他的□□。"

"其他的军事单位里也有这样的怪物吗?"政委问。

"我不可能知道这个,"上等兵答道,"我想还没有,而且还不普遍。一个月以前,我曾给团长上了个报告书,团长答应我把它转给师长,当时他说:'在你的思想里,有些聪明的东西。等到都这样做了的时候,军队里将不会再闹麻烦了。'"

政委笑了。

"团长的希望并没有实现,他的团被击溃了,被粉碎了,而'元首'全能的代表者也投降做了俘虏了。"

上等兵脸红红地叹了一口气,他说:"是的,我做了俘虏,这是我们团的大不幸。"

政委接上去说:"您是做俘虏还是上天堂,对那已不存在的团已经无关紧要了。"

上等兵脸又红红地叹了一口气。

政委问道:"战争以前,您是干什么的?您的职业是什么?"

这一干燥无味的问话,没有促起他的庄严的回答的灵感,他以打官腔的声音答道:"我有一所干酪店,是一所不大的干酪工厂……但这并不妨碍我考虑国家的事业。"

这位俘虏,看起来还想谈谈自己的思想,可是,政委已经命令带下面的俘虏上来。

于是人们把这长得像希特勒的上等兵,从房里带到院子里。

院里站着一些听候遣送的俘虏。

上等兵盛气凌人地走进了自己同团的伙伴中间,斜目而严厉地看着他们。

可是在这里,俘虏里面的一个人笑了起来,而且出乎意料地拍了一下那位上等兵的后脑勺,大声地说:"我们的阿道夫·希特勒的末日到了。"

上等兵做出了威协的神气,可是有人喊了起来:"别转眼珠子吧,没人怕!"

有人又接上去说:"因为这张皮,团里没安生过,他还在这里演自己的戏呢!"

上等兵怯生生地眨着眼睛,做出了谦逊的姿态,然后转过身去开始大嚼起面包来。

(《晋察冀日报》1946年7月29日)

保加利亚的"索雅"
——保加利亚漫□

吉洪诺夫

她叫维拉·别亦华,绰号是"保加利亚的'索雅'"。维拉死的时候只有二十二岁。

罗陀泼山——这是她的故乡。早年时候她在这些高高的山路上漫步了不知多少次,无疑的,她一定要为自己的故乡而作战的。戴着眼镜、谦逊、文静、在马克思主义小组中用心研究的她,在德国人侵略祖国的时候成为地下工作者和游击队员了。

卡明尼次村里正直而爱好劳动的农民是把谁当作一个经验丰富的人那样服从的呢?是她——这个年轻的女郎。谁组织了契实游击队并领导他们在山中斗争的呢?是她,游击队里唤做班加的她。

同在队里的还有她的妹妹——中学生盖拉。

她的家人全是教徒,他们相信"现在的政权是来自上帝"的,认为财富即幸福。在这样的家庭里,不知怎样会跑出一个奇特的、与任何人都两样的维拉。请想,在如此恐怖的时候,当弱小的少女只能坐在家里,连想象那些有生命危险的活动都不可能的时候——她却是游击队的领袖。

罗陀泼山的居民都带了惊异和骄傲的神气谈着她的名字。叛徒和德国军人的走狗也恐怖地耳语着她的名字。每一个游击队的头照官定价格刽子手可以获得五万廖夫(保加利亚钱币单位。一廖夫约合三十七哥比——译者注),但是关心自己安宁的本地法西斯党徒、富翁们却拿出了一百万廖夫。她这颗小小的有卷鬈发的脑袋竟值一百万廖夫!

罗陀泼的冬天是酷寒的。山就是山。在荒僻的地方一个村落也没有，岩石披了白雪，北风在那上面刮着。峻险的峡谷是荒漠的，一无所有的。那儿找不到食物。一切小路和狭道的出口都在"讨伐军"手里。然而冬天仍旧度过了。三月结束了。维拉知道无论如何非弄到粮食不可。这就要冒一下险。

她在同伴中选出一个有经验的游击队员。她们俩克服了险阻的湍流和山岭。维拉到了村庄里。这真是幸福——坐在窗口，烘干了鞋子，休息一下，听些消息，背囊里装满粮食，暖暖地睡了一觉。

三月的夜是短促的。立刻又得上路了——到同志们等待的地方去。沉重的背囊擦得肩头疼痛。雪积得很厚。从黎明前的浓雾里向前望去只是一片模糊。当他们的轮廓在山上显现的时候，哨兵发出了警号。

一小时后，十辆载重汽车在山路上疾驰着。

当太阳升起，全部山岩都显得明朗的时候，战斗开始了。"讨伐者"是不惜枪弹的。维拉却要小心地射击。半小时后，她的同伴倒地了。敌人爬上山来，维拉用手榴弹和石块向他们头上抛去。石块的响声比手榴弹还强。进攻被击退了，战斗已经维持两小时之久。接着又是新的进攻，维拉掷了最后一颗手榴弹，就向山的另外一面——峭壁下跳去了。敌人在一阵密密的射击后，看见她挥着双手跌下深渊去了。他们瞥见那临死的身体向下一闪，在山边上滚着，不久就消失在崖底，完了。爬到崖底去他们是不高兴的。在满是石块和灌木丛里你能找到什么人呢？

但是维拉坐在乱石中间，抚摩自己的创伤，她还活着。军事的机智获胜了。她有七处受伤，最重的在脚部。糟糕的是眼镜也摔破了，现在一点也看不见。但食物倒不缺，背囊是和她一同滚下来的。

她摇摇摆摆地在山罅里移动，慢慢地，慢慢地……全身发着热，走路也疼痛，眼睛因为疲乏在打转。过了多少时候——她不知道。最后，找到了一块空地，四周围着古老的树木，那里有一个巨大树穴，她就躺了进去。这树穴，正和寓言里的小屋子一样——温暖而黑暗。外面正刮着风，四周撒满了白云。在这种情形之下，打坏了的、受了伤的她什么地方都不能去。在伤处没有止痛以前只能住在树穴里了。

她在手册中记下日子，很快的，一天天过去了。有时她想出去侦察一下，但是不能走路。山岩上全结着冰，四周是厚厚的雪。她晓得同志们不会在这里寻找她的，因为这毫无用处。他们以为她死了。但是她却活着，创伤也渐渐痊愈。食物要完了。怎么的？难道她有时人事不省，有时探探道路，却已经在这荒野上度过这么长久了吗？

记事册告诉她，她住在树穴里已经三十天了。武器也只剩下一支手枪和几粒枪弹了。

有一次，她跟平常一样侦察回来，发现了别人的足迹，不是她的。这一下吓坏了她。这是不可思议的事，谁会到这儿来呢？迎面却走来了一个人。

这是看林人，本地的老头子。维拉没有讲出自己的姓名，只说她是游击队。他也不需多问什么，一切都是很明白的，只叫她安静地等待着他送食物来。

于是看林人就开始给她送食物了。当然这是一个善良的、明白事理的人。自从她在山上作战起已经三十五天过去了。

"善良的人"最后终于知道他面前的这位姑娘便是传说纷纷的班加，从她身上是可以获得百万廖夫的。当她像杉鼠那样藏在树穴里的时候，他却犹疑不决地走下山谷去了。他重新回来了，但不是一个人，背后跟着一队"讨伐军"，由史达亚诺夫中校和阴险的刽子手托陀尔·班金纳率领着。

一连兵士围住了空地，但是他们不敢走近那株神话似的住着维拉的树边去。他们用机关枪扫射,他们用自动枪射击,维拉向他们发击最后的几颗子弹,当一串手榴弹炸裂的时候,她就向火焰里跳下去了。

是的,一切都不像中校所期望的那样。他捉不到活的维拉。他照法西斯野兽的习惯命令割掉了脑袋带下山谷去。

他愤愤地阴沉着脸,现在死去的维拉关于可诅咒的游击队什么也不会告诉他了。但是怎样处置这颗小小的血淋淋的头颅呢?他,这刽子手,得想出些特别的法子。他瞥见了那座疗养院,树林里的白屋子。他说:"那边住着肺痨病的教员——他们都是些暴徒和布尔什维克,游击队做了什么破坏工作,他们就欢天喜地,现在让他们吃点苦头吧。把这脑袋送去,给共产党看看,吓吓他们。"

人头送到疗养院里。但刽子手错了。那些阴郁的病人剧烈地咳嗽着,用混浊的目光瞧了瞧头颅,喃喃地说着什么话。鬼知道他们!或者,还要为她哀哭,为她咒骂呢。走吧,到那正在等待他们的地方去吧。

富翁们从各处聚拢来,为庆祝胜利举行了盛大的酒宴。人们尽情地发挥兽性。桌上杯觥交错,为胜利者干杯。脑袋装在盘里。百万廖夫分给了刽子手们。红色的酒像血似的流着,但女人们却因为害怕而叫了起来。这种景物刺激了她们的神经。

于是史达亚诺夫说:"在我们的地窖里正坐着游击队和他们的朋友,他们什么也不肯承认,把脑袋丢进地窖里去。或许,他们看见自己将要受同样命运的时候,会动动舌头的。"

是的,地窖里正坐着俘虏。头颅在地上整整放了三天。他们虔诚地把它放在稻草上,并且不约而同地瞧着它,那种目光,如果刽子手看见的话也会害怕的。

第四天重新开始拷问了。俘虏们嘴里一个字也打不出来。他们完

全像变成了石头似的。他们沉默着,简直没有办法。他们向死去的姑娘——维拉宣了誓。他们也像她一样默默地被杀死了。

过了不久,当看林人在那空地旁边的小路上走着,眼瞧着地面的时候,一个人捉住了他的肩膀,面前出现了一群他不认识的人。有一个少女——竟是死而复活的维拉。他想叫喊但是不能,恐怖窒住了他的呼吸。他被缚了起来,像驯鹿似的押着走。他一切都明白,只有一件事很奇怪——他不是亲眼看见那颗砍下来的脑袋的吗?虽然这少女的个子较矮较瘦,但这仍旧是她呀。

他被盘问了详细的情形,他一五一十地详述了。他晓得他要被作为叛徒而枪毙的,就是这个复活的姑娘将要杀死他。在黄昏的时候他灰白着嘴唇用了仅有的一点勇气问道:"你是维拉?"

那姑娘回答说:"嗯,不过现在我叫盖拉了。"

她的嘴紧闭着,就像死去的那个一样。她枪毙了这看林人。她活到了九月九日,那天,全保加利亚狂欢着,哀悼着她们的为祖国的自由而牺牲的最好的儿女们。

(《晋察冀日报》1946年8月28日,《副刊》第90期)

维兹达耶夫少校和他的传令兵

查克夫斯基

在一个二月的冰冻的夜里,我在燃烧过的城市的废墟上,维兹达耶夫少校的军队是首批进入这个城市中的一个大队,我找了他很久。走过许多还在冒着烟的砖墙,经过被火药□黑了的和被火光照亮了的雪地,我走到破房子里查看着。最后在一座残破的小礼拜堂里,我找着了少校。他坐在地毯上,地毯铺在雪地里,许多同志围绕着他。我听着,在我身后传过来一种警觉的声音,转身一看,原来是一个穿着染满烟尘的黑色短皮上衣的老兵。

"这是你所要见的我们的指挥员吗?"他平静地问,手举到帽檐上行了个礼。

"是的,维兹达耶夫少校。"我说,"你是他的传令兵?"

"是,我的名字是耶夫斯塔哈耶夫上士,请原谅。你看,少校刚才遭了个大的打击,他老婆被杀了。你能不能,稍微等一下。……"

上士又对我行了个举手礼,一双善良的小眼,带着疑问的神情望着我。

"对,我等你一下。"我说着就坐在一块石头上了。

路那边有一座房子在燃烧着,借着火光我看清楚了少校和围着他的一伙军官。我注意到他的脸已不是年轻的而是疲劳的了,他的眼光掠过同伴们的头顶,正望着路那边的空地。

这时候,上士坐在我旁边的雪地上提起注意说:"喏,就是这么一回事!"

"谁是少校的老婆?"我问。

"是师部的一个联络员。我们军队攻占了这座城,师长曾奖给她

一枚勇敢勋章。我们找她，不久便找到了她的尸首。少校和我，是在半点钟以前从葬礼回来的。她个子不大，可是勇敢得很，是我亲自为她掘的坟墓……"

我注意到，他讲话的声音是颤抖着的。

"我的少校，"上士静默了一下，继续说，"是一个异常勇敢的人！……"

耶夫斯塔哈耶夫两眼凝视着我，似乎是以为我相信他的话。于是叹息着，摇摇头继续说："我又想到，我能帮助他做些什么呢？假若，我是他的密友，或者是他的弟兄，嗐……可是，我不是，我怎么安慰他呢？单是说说是不会有多大帮助的。一切的事情都进行得这么顺利！我们大队是首先攻进了城的。当然，我是经常在少校的身旁的，不过他总是在我的前头。现在，正是我们要庆祝胜利的时候，这是必须庆祝的……"

我不了解维兹达耶夫少校，他是怎样忍受着心上的悲痛的，可是我觉得这个有一双仁慈的小眼的汉子，他的伤心是无穷的。他的每句话里，都有着对他的指挥员的诚挚的爱。

"你跟少校很久了吧？"我问。

他迅速地回答："战争到现在差不多三年了。你可晓得，他曾救过我的命。这件事发生在斯尼耶芬沼泽地带，那时候他还是个上尉，指挥着一连人。我们跳进了战壕，一颗子弹打坏了我的自动步枪。一个德国兵拿着一把短刀迎面冲过来，上尉就突然冲到我们两人之间，德国兵袭击他，刺中了他的胳膊，这时候，我就设法还给这狗家伙一刺刀……"

维兹达耶夫站了起来，有些别的军官也跟着站起来。于是我走到少校旁边，上士跟着过来，小声地说："请别扰乱他，关于他老婆的事，请不要问他！"

这天晚上，少校同我谈了许多事情。队伍在城里住了一夜，我们住在一座房子的地下室，上士找来了许多干草。在许多别的事情中，维兹达耶夫告诉我，他从前是个农业家，过了一会儿，他自己又提起他老婆死的事情。

"你可能晓得，"结尾他这么说，"我见你和 Mom 谈过话，他一定把这件事全部同你谈过了。"

我猜想 Mom 是少校给上士起的绰号。

我们转身进了地下室。"当然，"我听见少校说，"他已经给我们搞来了一些干草。请你睡到我这里来，我不想睡。"我睡到了他的草上。不大一会儿，我看见传令兵的影子靠着少校，像是在公文箱上倚着他的胳膊。

"少校同志，你应该睡一睡，"他轻轻地说，"明天我们有重要的事情要干咧。"

夜里当我醒来的时候，我看见少校睡着了，盖着上士的短的皮上衣；耶夫斯塔哈耶夫，他的大衣给他盖着，两只胳膊抱着他的头，凝视着，一道曙光黯淡地出现在东方。

五月间我又一次有机会到维兹达耶夫的大队去。这时候，他的队伍驻扎在波罗的海海岸。附近的幽暗的沼泽地带，脚下遍地是隔年的枯草，寒风的怒吼，使这里格外显得荒凉。大队正在准备进入战斗。

维兹达耶夫少校正在一间顶小的掩蔽壕里指挥，我立刻看出 Mom 和他在一起。当我进来的时候，上士正在从掩蔽壕里往外淘水，他像老朋友一样欢迎着我。

在维兹达耶夫离去的一瞬间，上士说："少校禁止我对任何一个不知道他老婆死的军官、士兵、谈他死掉的老婆。好久我也想不通，他为什么对这件事严守秘密呢？后来我才懂得是怎么一回事。"他故意望着我，又接着说，"他不愿意让士兵们设想，他对德国人复仇主要是由于个人的悲痛。他要同所有其余的人一样。另一件事，"上士向我移近了一点，"他做过的事都是有理由的，因为他的个性，像钢弹簧一样，并且由于他对我们的胜利有着最高的信念，胜利是他生存的唯一目的。"

他还要再往下说一些，可是少校回来了，耶夫斯塔哈耶夫又去工作了。

在我和少校相处的几分钟里，我看到传令兵是很小心的。看起来他对于他的指挥员，具有一种几乎像爱母亲一样的无尽的孝顺，他的忠诚和他的爱，博得所有知道他的人的尊敬。我见到军官们、士兵们都用极大的敬意与他交谈。少校自己和他讲话却带着一种过分严肃的神气，似乎他不愿意对他表现出亲切的感情。可是，当剩下我们两个的时候，维兹达耶夫对我说："他像我自己的弟兄，他是个谁也没有比他对我更忠诚的朋友。在战争结束以后，我也不让他离开我，我们将来要在一起……"

这天晚上，战斗更加猛烈了。维兹达耶夫一次又一次派遣传令兵到连队和分队去传达命令。耶夫斯塔哈耶夫一回来，就像一个久经锻炼的老兵一样，详细地作着报告。

到夜间，情况更加恶化了。交通困难，上士执行着他的侦察任务。

当我再见着耶夫斯塔哈耶夫的时候，天就快亮了。大队按着计划占领了新阵地。上士在战斗中负了伤。有人告诉我，他紧紧地跟着指挥员，被德国狙击兵的子弹打伤了，狙击兵显然是意在瞄准少校的。

四个士兵用地毯抬着上士，慢慢地走过来。少校跟在他们后边，胸前挂着自动步枪，而另一只手提着上士的自动步枪。受伤人的脸上，满是黑黑的烟尘。一辆轻载重汽车停在路上。士兵把上士抬到车上，少校跟着过来了。

"塞尔盖，你怎么样啦？"维兹达耶夫过来问。

"嗯，嗯……没有什么，"上士回答，"只是一点普通的伤。"

"快快养好了，不要拖得太久了。"少校用急促的语调说。但是，接着音调就变了："没有了你，这日子是很难过的。"他又加上这么一句。

司机开动了马达。士兵们把上士放上了担架。

"尼古拉·康斯坦丁诺维奇，少校同志。"上士平静地叫，"请你走近一下。"

少校朝着他弯着腰。我没有听清楚 Mom 的话，只看见少校吻着他的传令兵，然后伸直了腰，敏锐地转过身去，迅速地走向他的掩蔽壕。

（《晋察冀日报》1946 年 9 月 7 日，《副刊》第 98 期）

英勇的孩子

瓦希列夫斯卡 作 马力 译

> 瓦希列夫斯卡，是波兰知名的女作家，其代表作《虹》，业已有曹靖华的中译本，本文译自法文《浪花周报》第三四五号，一九四六年三月十二日巴黎版。
> ——译者

这十二岁的小孩子，姓啥名谁，在我们看都是完全一样的，特别是现在，许多像他这样的孩子出现在各个地区。我所以要写他，就是一位亲眼看过他的人，告诉了我关于他的简单而又动人的故事。

弗里茨的坦克正沿着大道吼叫过来，眼看着他们的钢盔就要在这村子里呈现出来，古老的乌克兰乡村，他还没有遗忘二十多年前和德国人斗争的史诗，这里有的是森林，可以躲进了那密密的翠绿的森林里，从远处袭击着敌人的部队。

一切成年的人们都骑上了马，朝着那森林走了，道上扬起了满天尘土，就在尘雾里，一个十二岁的小孩儿，紧跟着骑马的人跑着，当游击队走了的时候，他被遗留在这村里。

他用着发抖的一只手，紧紧地拉着马鬃，另一只手则拉住了马镫，但是，怎么能够把一个十二岁的孩子，带到森林里去，带到幸运和不幸的途中，带到生和死的境地，带到需要青年男子坚韧斗争的里面去！

这孩子是多么可怜呵！泪珠流满了脸，绝望地拉住了马镫，他的心深深感觉到痛苦，人们是不把他当作游击队员，都认为他是没有资格使用武器的；他自己却感觉到整个心灵和其他的人完全一样，他要做一个和其他人一个样子的。马跑得越快了，在扬起了尘土的路上，光着脚是跟不上的，他的声音里充满了绝望。

但是，总算有人同情起了他，从马鞍上俯着身子，送给他一件不大的礼物。

"拿着这手榴弹去吧，你要留在村子里，留神德国人做些什么，有什么事就报告我们，必要的话，也就叫这手榴弹吃光了他们的肉。"

孩子的眼泪很快就干了，他抓着那冰凉的铁手榴弹，一个同游击队一样的手榴弹，现在总算好了，他可以去完成和成年人同样的任务。

手榴弹藏在怀里，十二岁的小孩子离开了他们，回到了村子里，他依照着嘱咐，仔细地观察每一件事，从没有人去注意这小小的孩子。德国人还停留在村边上，不敢进到村子里来搜索。

他敏锐地观察着，德国人的司令部就住在路边上，德国军官正在忙乱着，门口站着哨兵；手榴弹动弹了，他摸了一摸，手榴弹没有丢掉。它还好好地躺在自己的怀里，而村子的那边屋子里，就是德国军官和他们的司令部！

当德国人开始要洗劫全村以前，他们准备先焚烧起房子、杀害孩子和妇女们以前，他就溜到那房子的附近。哨兵尖锐地叫他停止，他毫不发抖，也没有去瞧他们，仅仅用着手势，表示他有消息去报告司令部，他需要进到里面去。

一个军官望着门，用着非常可怜的乌克兰话说："干什么？"小孩子的声音没有发抖，他望着军官的眼睛，他告诉军官说有游击队埋藏的消息报告。

军官把小孩领进了屋子，那里围着桌子坐着六个人，都俯伏在一张地图上，用着德国话讲着，他们抬起了头望着进来的人。

他注意地看着，数着人数，共是六个人。漂亮的肩章，不同的符号，没有问题的，准是高级长官。

怀里的手榴弹，还是冰凉凉的。他的眼睛在思索和计划着，冷然地注视着他们，他想着要怎么做才能去接近他们，而且会成功。他没有惊讶和忙乱，很仔细地答复着他们的问话。他说，所有的人都出去打游击了，没有一个人留在这里。

德国人用着冷酷和不耐烦的声音问着，他却低低地、慢慢地沉着地回着话，他告诉了整个的经过，给自己一点时间，来对付他们突然的拷问。他装得像一个熟练的农民仔细地讲着。

最后，那个坐在中央的军官挥动了手，他早已经知道游击队都走了，现在他要知道的，是游击队到什么地方去？

翻译官重复地说："游击队在哪里？"

他慢慢地已经摸近了桌子，和六个军官面对面地站着，他用一种不是小孩子的口吻，直指着军官们的脸孔说："到处都是游击队！"

他迅速地取出了手榴弹，用最快的最大的力量掷向他身旁的六个人，当他们还来不及跳开，也来不及明白发生了什么事情以前，死神已经降临到他们的头上。

十二岁的小孩子，和他们躺在一起，他的小小的脸孔像一个成年人的冷酷，严肃的脸孔也没有表情，前额上显露了无穷的光辉，代价是一个换了六个。

一切的坟墓没有掩埋他的死尸，祖国的土地也没有掩埋他，小小的躯体在已经燃烧的房子里，变成了金色的火焰。热情的孩子的心，像金色的火焰样地辉耀在乌克兰乡村的上空。

因此，我不能告诉你他的姓名，当他在土地上跑着的日子里，他的母亲用什么名字喊他，那是不关重要的，他是千百万儿童英雄中的一个——怀着孩子们奋发的心和无比的勇敢，他和年轻的人一样懂得了热爱祖国，也一样地和他们一道光荣地死去。

（《晋察冀日报》1946年9月23日，《副刊》第114期）

列瓦桥争夺战

阿甫金柯 作　王子野 译

有趣的故事什么时候讲也是有趣的。当我在莫斯科看到庆祝炮兵节日的礼炮所发射出的五色灿烂的火光的时候,我记起了我们的警卫队与围攻列宁格勒德国炮兵间的一场恶战。……我翻开我的怀中记事册。

时间是一九四三年夏天,地点是在列宁格勒东北,靠近雪利塞尔堡的列瓦。警卫炮兵团的指挥官副团长尼古拉·米海洛维赤·洛巴诺夫醒了,没有穿衣,也没有穿鞋,就跑出小土屋的门口去。一连下了好些天的雨,可是一点痕迹也没留下。天空从这一头到那一头一望无际,又高又蓝。树叶静悄悄地一动不动,太阳大火圈在拉多亚湖的暗蓝色的水面上缓缓地行驶着,被太阳的光冲散的薄云在列瓦的上空打着转。

副团长洛巴诺夫双眉紧锁,阳光晴朗的天气预告他将有不好的事情要到来。洛巴诺夫回到小土屋,摇电话给参谋部,命令准备发炮。

重炮兵团的又多又复杂的事务在几分钟以内都已准备就绪,只等战斗开始。

洛巴诺夫特别细心地刮了胡子、洗了脸,吃了早饭,穿上了新的外套。像在今天这样的日子,他比什么时候都更想到,从头到脚他是一个战斗的、警卫的军官、炮兵。根据一切侦察的情报,根据那些熟识德国人脾气的军官的嗅觉,根据那些担任警卫列瓦桥(这桥对于列宁格勒的命运是太重要了)的嗅觉,一切都告诉洛巴诺夫,决战的时刻就在眼前了。毫无疑问的,在雪利塞尔堡附近的德国炮兵群的指挥官芬·爱里克团长,已完成了一切必要的攻桥准备工作,将要在今天对这座桥施以粉碎的打击,好久以前他就做着这个梦。

副团长洛巴诺夫微微一笑:"瞧着看吧!"他向参谋部的方向走去,金色的沙在他的脚下吱吱作响。当他刚要走近参谋部的门口时,他立刻预感到已经有谁先到了。少校柯瓦尔楚克·洛巴诺夫在前线部队的代表,他有一张瘦长而安详的、像女人那样白皙的柔和的面孔,正在从从容容地报告团里进行战斗准备的情形。参谋长荷米亚琴柯,一个有哥萨克人的额发的年轻军官,站在地图的前面,地图上标明了全部敌人炮兵连的位置。侦察队长上尉谷罗夫,修长的个子,整齐和清瘦得像山里人。当他正竭力在猜想着战斗中需要他做些什么的时候,他的敏锐的视线一下子看到了团的指挥员。中尉德明,棕黑色的南方人,司掌射击的值星官,因预先估计到工作困难而显有得意之色。

旧时的俄罗斯的炮兵文化和苏维埃炮兵的新的成就的结合,严格遵守着几世纪以来的列宁格勒的炮兵学校的传统;这个参谋部的军官几乎全是从那学校出身的,因此就在团内和在参谋部内造成一种亲密团结的气氛、熟悉技术的氛围、勇敢而不屈不挠的气氛;正因如此,所以才把洛巴诺夫的炮兵派遣到列宁格勒去做最坚决的战斗。

"在九七度的方向,在六架'福克·乌尔夫'(驱逐机名——译者)的掩护下,有一架'Me-110'(修正机名——译者)出动!"电话员粗声粗气地宣布说。

这架修正机是预报风暴的燕子。今天是谁驾驶这架飞机,普通的炮兵还是更高的角色呢?几分钟之后,监察的无线电哨报告说,团长芬·艾里克,炮兵群的总指挥亲自驾驶这架飞机。当然,德国人选择这样晴明的日子不是偶然的,像今天这样的气象条件实在近于理想,经过详密准备的集中力量的对列瓦桥的打击,无疑是会到来的。

守护的炮兵已经到了严重考验的关头。本团的复杂组织机构必须使它适于担负过分繁重的任务。参谋部的命令经过电话下达:带有氢气球的修正飞机起升在桥上制造烟幕。配属驱逐机升空迎战,一切侦听声音的器材都得完全准备好。浓不可透的白烟从脚到顶掩盖住了列瓦桥,几百个炮手、侦查员、计算员、侦音员都各就自己的工作岗位。我们的驱逐机升入空中,依着指定的航线去迎击德国人。

依着专设的观察哨的报告,第一颗德国人的炮弹在离桥的侧翼很远的地方爆炸。团长芬·爱里克驾着飞机在桥的上空回旋。他在烟幕中猜测着修正方向,不断地指挥着脱逃的火力。有好几个炮兵连同时向着桥,就是说向着他们所假定的桥的所在地点发炮。

我们的火炮也没有睡觉。营的参谋人员带着充分的射击材料,有效地指挥着炮兵连作战。

炮兵第九连,是团里最普通的炮兵连之一。这里像在全团一样,站着巨型的曲射炮,这是依着最新的技术制造的,既美观又有威力,又适用。说到巨型炮的理想,首先应归功于苏瓦洛夫。它产生于一七五二年,在一百多年的使用中不断地改良,才成为今天这种样式。在树林背后德国人所占据的高地看得清清楚楚。不论在任何战争中,不论任何军队,离敌人这样近决不敢使用这种远距离的重炮:这是太大胆了,太危险了。话虽这么说,可是也有有利的方面:射击特别准确,减少炮弹的浪费,打击敌人的远后方特别有力。

上士塞巴留克,矮胖的、红颊的波尔塔发人,团里的学生,从电话上得到射击材料之后,忙着准备炮弹、角度器、观测镜。炮长柯雪莱夫和余金反复给炮手下达号令。炮正上好弹,发射开始了。在两点钟的剧烈战斗中,每门火炮平均发出一百八十枚炮弹。两小时之内经装弹手旦多夫和伊凡诺夫,司掌火门的巴金和洛勃玛诺夫过手的金属和药粉的重量共达十吨又九百普特!这样的工作除了炮兵不能胜任。他们半裸地在火炮旁边工作着,汗流如柱。

德国人的炮弹在炮兵连四围爆炸:厨房旁、通信联络的小土屋旁、弹药贮藏室旁。弹片有时也飞落在炮门的背后，在被打穿的弹药箱里吱吱叫。一颗炮弹打穿了六层夹板，里面的永久高射火力点被破坏了。有些人已受重伤。灼热的弹片燃着了足有九十公斤重的一堆弹药。有力的火焰像一柄红黄色的扇子，不断往火力点里钻。橡梁着了火，像些条条。德国人看到了这么高的火头和烟，知道打中了，加紧发炮。

上士柯雪莱夫的邻炮的射手赶快过来救助：一部分参加救护伤员；另一部分担任灭火；第三部分继续发炮，因为只有靠自己的火力才能压制敌人的火力。

同在这时候，我们的驱逐机和德国人的驱逐机，掩护着修正飞机，进行着剧烈的空战。

Me-110威风而强有力地用自己的平射炮和四挺机枪保护着两侧，顽强地盯视着列瓦。芬·爱克里团长也顾不了法典上的条文，发誓赌咒地要求所有火力点都发炮，和洛巴诺夫的团进行反炮兵连的战斗，我们的驱逐机勇敢地参加这场战斗。于是，剧烈的炮兵恶战就开始了。

因为在空中太危险了，团长芬·爱克里急想降落：Me-110做了一个机动，开始退出战斗。飞行分队长巴拉诺夫上尉眼明手快，正当"福克·乌尔夫"与另一驱逐机难解难分的时候，他立即去阻截那想要脱逃的修正机。第一下打它的头部，没有打中。受了惊的芬·爱克里大叫："掩护！"哪里来的掩护？第二次的攻击中，上尉打中了要害。重型的修正机从高空下坠，摔成碎片。团长芬·爱克里的炮兵的冒险，就以他的不光荣的、可怜的死亡来结束。

这时候，我们的炮弹落在了德国炮兵连的火力阵地上，敌人受到严重的打击。

不仅这样，洛巴诺夫警卫兵还有一种光荣，就是发射的炮弹不到额定的数目。团的光荣、列宁奖章、警卫士的称号之所以获得是在于不知倦息的艰苦的劳作：对敌前沿及其火力配系、火力点的每天每时的侦察；涉及材料准备的没有任何缺点；培养自己的军官干部；提拔、训练炮手，使他们精通技术，勇敢无畏；炮兵的一切复杂工作，各环节都使之协调。因为这许多艰苦的、老早就训练好的工作，本团才能发射得这么准确和快当。

在团的前线俱乐部的小土屋的一块大镜框里，我看到警卫战士从一九四一年七月二十二日以来的战绩。德国人的有生力量和技术器材被消灭了很多很多，所有的数目字都注明了时间。团的每一个警卫战士、每一个通信员、每一个观察员、每一个电话员、每一个……总之，炮兵平均打死了二十个德国人，平均二十个！被消灭的和被制压的火炮和迫击炮每人平均达两门到四门。如再把制止发火也计算在内就还要大五倍多。这就不难明白，洛巴诺夫的警卫团为什么在列宁格勒前线这么被人敬爱着，他们用自己的火力掩护着连接被围的列宁格勒与祖国大地的列瓦桥。

被制压和被消灭的敌炮兵连一个跟一个都静下去了。不一会儿工夫，我们的平射炮也停止了发火，宁静重新笼罩着列瓦。副团长洛巴诺夫揩干了额上的汗水，走出小土屋去，他脸上刚才不久以前的那种严肃紧张的神气已完全消失了。他愉快地谈笑自若，似乎忘记了一切，忘记了战争，也忘记了五分钟前他那团所完成的伟大工作。看来，他什么也不在意。

可是在远处，在沼泽和森林的上空隐隐传来咻咻的重的远射程炮的声音，好像电波似的激起了洛巴诺夫的血。他马上改变了神色：脸上重新表现出严肃和决心。几秒之内，指挥员的意志已经由电话下达到每个炮兵连里去。射手拉长了绳子，等待着最喜欢听的两个字："开火！"（译自《苏联红星报》）

（《晋察冀日报》1946 年 10 月 3 日，《副刊》第 124 期）

文艺史料

纪念布尔什维克报纸节

《消息报》

苏联的报纸，是和苏联人民的经济、文化一起并肩地飞速进展着的。

铅印的报纸，或者是情报，在苏联随处都可以看到；不只是在各个共和国的首都、省或州的首府；在每一个工厂、集体农场、学校、荒僻的村落，甚至于高加索和中央亚西亚的一两家农户之所在，都会有着他们自己出版的印刷物，这些报纸、书籍和传单，都是用各种民族的文字来印行的。

当前的抗战，给予了苏联报纸新的更重要的任务。他们帮助了国民经济的再建，和循着战时要求的大路，解决了一切苏维埃生活问题。从战事爆发以后，苏联的报纸一致地大声疾呼，号召着民众来捍卫苏维埃祖国的土地和苏维埃政府；他们也向全民众为反抗德国法西斯的斗争的神圣目标而做过无数的透辟的解释，他们告诉了我们的民众以敌人的没有人性和残暴绝伦，他们动员了民众的力量去打击敌人，教育了民众去怎样痛恨敌人与怎样巧妙地英勇地去战胜他。在战争爆发以后，的确，我们某些报纸是经过了空前无比的考验。

红军在列宁格勒和斯大林格勒英勇作战的模范例子，是由我们报纸川流不息地揭载出来了。《列宁格勒真理》和《斯大林格勒真理》在烽火弥漫中，始终没有脱漏过一期；这些报纸的呼声是高亢的，在列宁格勒被围和斯大林格勒苦战着的那些日子里，号召着我们的民众坚决地去抵抗敌人；同时动员起了他们去为保卫他们自己的城池而和敌人苦斗。

在战争里，新的布尔什维克新闻支队——前线新闻工作——产生和壮大了。印刷好的红军新闻纸,从没有间断过地在各个前线、各个部队里流行着。他们由红军的战士们,通过壕堑、掩蔽地、飞机场带到前线或回到后方。这种部队新闻纸,直接地反映了群众如何参加斗争,把一切军事经验普遍地传播开来,教育红军战士们变得更勇敢和更坚决,灌注了他们以铁样的军事行动与组织的精神,号召他们不停地去改造他们的作战技术,掌握他们的武器,以便射击敌人而万无一失。红军的新闻纸,更提高了红军战士们的政治自觉性、警惕性和他们对于自己国家的一种责任感。这种报纸,现在在前线是异常地流行着。

布尔什维克报纸的呼声,在敌人的后方,在暂时沦陷了的苏联城镇里,也都是响亮地传布着。游击队新闻纸、秘密新闻纸、传单、铅印的或者油印的战事报道,与反映苏联后方的战时生活给暂时落在敌人的手里的我们兄弟姊妹们的一切印刷品,遍地都是。他们揭露了敌人每一荒谬绝伦的宣传和号召着他们起来与我们的死敌做着生与死的斗争。我们爱国的优秀儿女们,是出生入死地用着他们印下的话语,在帮助着男女游击队员们更有力地打击着德国占领者。

在斯大林的命令颁布了以后,为了如他所希望的动员起来我们全民的力量,苏联新闻工作者的担子,是更比以前重大得多了。(本报特译:莫斯科六日塔斯电)

(《晋察冀日报》1943年5月7日)

文艺理论批评

拉法格论作家与生活

指出小说的旧的道路,在小说里描写和分析现在的巨大的经济机体,以及他们对于人的性格和命运的影响——这是一个勇敢的决定。……然而,这种小说对于作者所提出的任务要困难得多,不比现代文学家的那些恋爱偷情的历史。现代的文学家暴露了自己只是些完完全全的作风家,而且表现了自己对于现代生活里的现象和事□,简直是神奇古怪的无知识,可是据他自己说来,他们还算在描写着这些现象和事变呢。除开文法和字典,以及马路上的或者贵族厅堂里的一些时髦的谣传,以至于刑事犯的新闻,收□在报纸上"杂□"栏里的,此外,他们所知道的是那么样少——简直可以当他们是刚刚从月亮上掉下来的。

为着要写我们上面所说的那样的小说,而且要写□应当写到的程度,作者必须生活在那样的经济机体的附近,他应当研究他的天性,深入他的内部,亲身受到他的爪牙为着所受到的恐怖愤怒后发抖。……长期研究现代经济机体发展的学者,他考察着这些经济机体给了工人群众怎样可怕的影响,这样的学者的确可以担负起这个任务,如果我们现在的学者不封锁在自己专门的科学研究里面,仿佛是锁在洞里似的,如果他们能够暂时放弃自己的研究,而在艺术的形式里□表现他们当时社会生活□的事实,然而不能够。因此,不可避免,这个责任落到了文学家身上。而美学家对于那种任务又完全没有准备,因为他们的实际知识非常之少,还因为他们的生活条件和思想,他们的经验不够,他们只能够很表面地去观察他们所要描写的生活里的事变和人物。虽然他们自己很高傲地说他们描画着现实的生活,而他们的眼光只限于事物的外表方面。在我们面前展开着的日常生活的景象之

中,他们只抓得住外表的浮面的现象。(注)

……塞尔凡谛斯、朵毗尼埃、斯莫来脱、卢梭和巴勒扎克的著作,总还是在自己经过了一些什么,而且根本上研究了人和他们之间的关系,考察了他们的生活,以及社会的各阶层的行动,然后再写的。现在我们的小说家呢,自称为自然主义者和现实主义者,自己说是照着自然现象写的。但是,他们关在自己的书房里,在自己的周围堆积了一捆一捆印刷的和抄写的纸张,而想要从这些纸张里去研究新鲜的热烈的活泼的生活,他们很难得离开自己的安逸的住宅,像爱美家似的去看风景,而收集些最必要的浮面的现象。龙古第和弗□洛尔,把这种特别的现实主义的考察方法提高到了最高点。他们说,作家不但不应当□加当时政治斗争,而且一般地就不断尝试人的各种情欲,为的要更好地去描写他们:作家应当像石头似的,这才能够更正确地去估量生活。

假使旦丁像得意的市侩似的坐在四面墙壁中间,对于广大的社会生活不关心,更不参加当时的政治战斗,而能够写出自己的《神曲》——那简直是不能够想象的事情。("左拉的《金钱》")

(注)马克思在批评《巴黎的秘密》时写道:"因为他们没有,过一种真正□□的生活,所以他们除了强调那些全然不相干的行动的主义以外,再没有别的什么可做了。"

(《晋察冀日报》1942 年 7 月 23 日,《副刊》第 109 期)

恩格斯论现实主义

照我看来，现实主义是除开细节的真实之外还要真实地表现出典型环境中的典型性格。你所描写的性格，在你所描写的范围之内是充分典型的了，然而说到环绕他们、驱使他们行动的环境，那就不能说是典型的了。在《城市姑娘》里面，工人阶级被描写成消极的群众，不能够帮助自己，甚至也不企图去帮助自己。……假如在一八〇〇年——一八一〇年……这是真实的描写……那么，在一八八七年的今天……这样的描写就不是真实的了。工人阶级对于四周压迫的革命反抗，他们争取自己的人的权利的紧张企图——不论是半自觉或自觉的——都是属于历史的一部分，因此可以在现实主义的领域中要求一个地位。……我怎么知道呢，也许你有充分理由，先描写工人阶级生活的消极方面而把积极方面留给另一部作品。（给哈克纳斯的信）

《旧与新》我已经读过了。……各色各样的人物都有着你平素精确的个性描写。每一个人都是典型，但同时又是一个完全独特的个性——正如老黑格尔所说的"这一个"。这正是实际上应该如此。只是……阿诺□他真是太完美无疵了，如果他最后从山上跌下来死了的话，那也只好说他太好了，人间留不住他，这样才合乎劝善惩恶之道。……我一点也不反对本来的倾向的诗歌。悲剧之父埃斯契拉斯和喜剧之父阿里斯托芬尼斯都是明显的直言的有倾向的诗人，但丁和赛凡提斯也都如此。而席勒的《阴谋与爱情》的重要价值正在于他是第一部德国的政治宣传剧。当代的俄国与挪威的作家，他们写作了最优秀的小说，也都是有倾向的。可是，我想，那倾向应该是不着什么特别的痕迹而让他自己从环境和行动当中流露出来。同时，作者也不必要把书中所描绘的社会冲突的未来历史的解决勉强地灌输给读者。特别是在我们现在的条件下（注一），小说大半都是供给资产阶层的读者，即与我们没有直接关系的人去读的，因此，照我的意见，一篇有社会主义倾向的小说，如果他能忠实地描写现实的相互关系，打破关于那些关系的传统的幻想，以粉碎资产阶级世界的乐观主义，而灌输对于现存秩序的永久统治的怀疑。如此，纵使作者不提供任何□切解决，或甚至不公开表示任何特殊的一方面，那样小说的目的是依然能完满地达到的。（注二）（《给考茨基母亲的信》）

这里所说的"我们现在的条件"，和我们现在的条件之不同、之相反，当然是不必说得的。……

你所正当地归誉于德国戏剧的巨大思想的深度和历史的内容，以及莎士比亚式的行动的活泼和丰富，三者之完美的混合，大致只有将来才能完成……真的，只有在这种混合中，我瞧出将来的戏剧。……你很正确地反对现今流行的糟糕的个性化，那已转化成琐屑的小聪明，而且是末流文学的衰颓的一个本质的标记。但是我觉得人物的性格不仅表现在他做的是什么，而且表现在他怎么做，根据这个观点，你的剧本的思想内容决不会受着什么损失，如果把各个人物更加鲜明地互相对比和并列起来。古代风格的特征，在我们的时代是不适合的！而在这点上，我觉得你可以毫无害处的，更多注意莎士比亚在戏剧发展历史的意义。

（注一）给拉沙尔的信。

（注二）马克思在给拉沙尔的信中也指出："你必更加莎士比亚化，而现在我认为那把个人作为时代精神的单纯号筒的席勒主义，是你的主要缺点。"

（《晋察冀日报》1942年7月25日，《副刊》第109期）

谈战时苏联文学和英国文学

[英] 普利斯特莱

目前访苏的英国著名作家约翰·普利斯特莱接见苏联《文化杂志》记者时，曾经谈到战时的苏联文学和英国文学。他说：我到莫斯科那天，适逢秋雨淅沥，好像我是回到英国一样。那些战前访问过莫斯科的人，曾告诉我说莫斯科是一个拥挤的城市，人们穿得不十分讲究。但现在，在我们经过战争中一切事件之后，我相信莫斯科与伦敦间的悬殊是不大的——伦敦也是个拥挤的城市，那里的人们也穿得不十分讲究。其次，我清楚地感到莫斯科的生活是在沸腾着。在各方面都是明显的。关于苏联文学我可以直截了当地告诉你：我现在还很难说什么，例如对苏联的诗歌。不幸得很，即使是最好的翻译，读者也只能获得原本的百分之二十五。当然我曾读过苏联伟大诗人马雅可夫斯基的诗篇，但因为我读过的是译本，我不敢对它们进行评判：在古典作品中，我熟悉并且喜爱普希金。至于对苏联作家的作品，A.托尔斯泰的《到灾难之路》与肖洛霍夫的《静静的顿河》，大大地感动了我。我也读过爱伦堡的《巴黎的陷落》，但我认为他的战争论文更好些。在英国，这些论文曾出过附有我的序言的单行本小册子。爱伦堡的辛辣的幽默，给人以非常强烈的印象。我相信爱伦堡的战争论文，是描写这次战争的任何语言中最有力的。过去几年中，我读过西蒙诺夫的许多通讯与故事，即发表在《国际文学》英文版上的其他苏联作家的文章。我也读过在英国翻译的而尚未发表的苏联作家的作品。我非常喜欢卡泰耶夫的小说《妻子》，无疑它曾在英国读者面前得到成功。我甚至想将它改编为剧本，在英国舞台上出演。

一般说来，我喜欢卡泰耶夫的作品，他的大部分小说我都读过。英国读者直到现在对苏联文学还很少认识，而战时英国又因为缺乏纸张，所出版的书籍杂志离我们愿望太远了。英国作家的作品出版得也非常有限，例如，我自己的书在两三天内就卖光了。出版的只是著名作家的作品。战时几乎不曾看见过新出现的作家的名字。对于苏联生活十分生疏的英国读者，绝大多数苏联书籍的主要问题，是不太被理解的。希望这种情形在战后数年中能有所改变，通过亲密的接触，英国人和苏联人将彼此了解得多些。在这方面应该得到感谢的，是英苏文化协会的活动，我是这个协会的作家组组长。我发起在九月中在伦敦举行一个文艺展览会。六位著名的英国批评家将参加这个会。他们将要讨论去年的苏联文学。除了文化协会外，还定期出版简讯，详细描述苏联新出版的书籍。英国参战已经六年，可以想到英国人是疲倦了。过去两三年中，英国读者显然已失去对战争书籍的兴趣。他们对爱情、友谊等目前的生活问题更感兴趣，甚至对苏联文学，他们喜欢的也首先是写一般问题的书，而不是以战争为主题的书。战时英国政府曾指定作家们写有关战争的东西——写小册子，报道与社会问题有关的故事。

在英国文学上，这种作家与政府间的关系，还完全是新的东西。这种关系帮助了主题的增加，无疑这会正面影响战后英国文学。战后的青年作家们，无疑将大大注意社会问题。我相信，在五六年中，英国将出现许多好的作品。战前英国人太懒于思索了，在这方面战争给了他们良好的影响。它使得他们思索了！新的人民应当有自己思想的机会。他们十分疲惫于长期战争，而当他们恢复过来时，人们可以预期，伟大的英国文学作品是会产生的。（塔斯社电稿）

（《晋察冀日报》1946年1月17日）

戏剧家高尔基

[苏] S. 杜里林 作　陈学昭 译

高尔基不像莫利哀一样,是生就的戏剧家。高尔基是在十年的文学活动、已经成了著名的作家之后,才着手戏剧的,但他对于戏剧向来不是冷淡的。相反,自从童年起,他对戏剧就有那么多热爱,并且一直梦想从戏厅走上舞台去表现;他终究上舞台去了,但最初是作为一个演员上台的,然而演员高尔基很快就成为作家高尔基。他曾写了很多外省的剧评,在这些剧评里,闪烁着才能和使人感觉到的对舞台艺术的爱。其中有一个剧评是为《西哈诺》写的,在俄国的剧评中,对于奥斯唐再没有比这写得更正确的;这个名剧以它乐观的浪漫主义打动了高尔基。

可是,高尔基继续写着,但不是写戏剧,却是写短篇小说、杂感、散文和诗,整个俄罗斯——不止是俄罗斯——怀着热烈的兴趣读着他的作品。

在高尔基的作品里,现实主义和浪漫主义、批评和诗是结合起来的。

他深刻地认识俄罗斯的生活,被一个不可动摇的信心——对祖国的力量和人民的创作力的信心兴奋着,他设法接触生活的整个广度和深度。

A. 彼契郭夫选择高尔基,意思是"辛酸"作他的假名,并不是偶然的:作者带给他的读者的,只是所有在生活的途中和歧路上得来的真实的辛酸。

但当高尔基走到下层,到那些黑暗的角落、生活的绝路上时,他是带了另一种生活的梦想、人和人民的创造力的信心,为着获得新生活而努力的一个热烈号召而进到那些地方去的。

总结他最初二十五年的文学活动,高尔基曾这样说:"在我自己看来,二十五年中我的社会工作的意义归结在:我热情的愿望,推动人们对于生活采取一个积极的态度的。"

"对于生活的积极态度",这恰恰正是高尔基自己所采取的态度。

在高尔基看来,生活不只是现实,并且是行动:话剧、喜剧、悲剧或悲喜剧,它总是充满了斗争和积极的创造的努力。

因此,还在从事写作剧本之前,在他的故事和短篇小说里,高尔基已经显然是个戏剧家了。

一个作家这样直接感觉到生活,在他身上滋养着这么强烈动人的战斗意志,不成为一个戏剧家,那是不可能的。

很久以来,高尔基的读者也愿望成为他的观众,演剧家们和剧院逼迫高尔基转向俄国的戏剧。

一八九八年,当艺术剧院在莫斯科创办时,高尔基成为它热烈的赞赏者。"我从来不曾想象有这样一种扮演和这样一种排演,"高尔基写给契诃夫,"我懊悔未能住在莫斯科,要不然我会每天上这个奇异的剧院去的。"

在他们一方面从事改造舞台艺术而因此博得世界声望的艺术剧院创办人,对高尔基的剧本发生兴趣。V. 奈米洛维支-坦琴科曾这样写道:"人们被这些新的人物所感动,竟以为他们在燥热的草原上,或是在染着煤烟的房子的天井里向你望着,他们带着一种抑制的、大胆的、果敢的神气望着你——溶解在自由和勇敢,提供给你们大家以'诅咒的课题'的迷人的人物。人们也被那灿烂的阳光,和照耀在这些人物的身上的对生活的情爱,也为作者男性而战斗的性格,特别是他的艺术所迷惑——一个新的浪漫主义,一个宣布生活的快乐的新的钟声。"

另一个艺术剧院的创办人，C. 斯坦尼斯拉夫斯基曾简短但生动地说："演剧家们曾接到一个使命，要高尔基写一个剧本，把我们要办一个新的剧院的梦想感染给他。"

这并不困难。故事和短篇小说艺术的改革者高尔基，也就置身于剧院的改革者们之中了。"不爱它是不可能的，不替它工作是一个罪恶……"关于艺术剧院，他曾这样写道。

戏剧家高尔基就在这个剧院产生了：要是这个剧院不曾因为对于舞台怀着一个新的真实的渴求而存在，一个从生活里来的真实，又带给生活以一个生命的更美、人类改善的召唤——如果那样的剧院不存在，那么戏剧家高尔基所走的道路或者将是不同的。

"给舞台写剧是不容易的。"高尔基对斯坦尼斯拉夫斯基诉苦，"我不知道应当配合些怎样的条件。"（高尔基曾注意到一般的规律、戏剧的传统的技巧）斯坦尼斯拉夫斯基回答他："任何条件都没有的，您坐到您桌子旁边，写吧！这就好了。"

契诃夫觉得艺术剧院在出演他的戏剧时，舞台是无可比拟的忠实于原剧本，因而支持斯坦尼斯拉夫斯基的意见。契诃夫曾劝高尔基："写吧，写吧！简单的就像您平时么地写，伟大的将是您的光荣！"

高尔基写他的第一个戏剧《小市民》（一九〇一年），就照着契诃夫和斯坦尼斯拉夫斯基所要求他的：去掉了所有舞台上的规矩，但很注意戏剧的声韵和生活的本身。这是个他不称作话剧也不称作喜剧的四幕剧，简单地命名为《贝赛梅诺夫家的几幕》。这个副标题是很确切的。

从形式说来，《小市民》是一个家庭剧，它的行动没有离开外省的贝赛梅诺夫家和这家庭里两代人的小圈子；但假使注意一下这剧本的内部动作，那么可以看到关键并不只限于"父亲"和"儿子"之间的纠纷，却是两个斗争战场上的戏剧，一个是保卫他生活的旧规律为原则的，另一个却积极地宁爱一个新的未来。第一群人，那些"小市民"，高尔基带着一种尖锐的讽刺刻画着。这群人度着冷漠的、暗淡的生活，他们无声无息，这就是贝赛梅诺夫家的小市民。虽然在这一家人中，一个是大学生、一个是小学教员，戏剧家高尔基和诗人高尔基对于这些人是一样的无情，并带着激烈的愤怒说："而你像盲目的虫一样地活着，度着你的一生。对你没有英雄的故事，你也不会被人歌唱在歌曲里。"

高尔基同意另一种，不是无声无息的，却是不断地行动和创造的精神力量——未来的伟大基础，它们将是人类所值得骄傲的。

在他题名《〈小市民〉的注解》一文里，可以看到高尔基怎样形成那为着未来而工作着的人，对于世界的概念，是这样来证明他的生存的："世界在我身上，我把一切都掺和在我的灵魂里，所有的恐惧嫌恶和所有的艰险困难、生活的快乐和苦痛，它那杂色而纷乱的虹似的光泽。世界，那就是人民。人是我们有机体之中的一个细胞，当它被打时，我痛楚；当它被毁谤时，我愤怒，我渴望复仇。"

这是高尔基在说话，但是《小市民》里的主人公机械技师尼尔有同样的情感，他差不多用了同样的语句来表白："我灵魂想尽办法，使我满足于浸到生活深处的愿望……让他几千种样子的揉罢，麻烦这一个人，帮助那一个人……那才是生活着的快乐！"

高尔基爱尼尔像一个思想上和生活上的伴侣，他相信这个人有热烈地想改造生活的力量，而戏剧家高尔基得到了被观众也感到的这爱情和这憎恨。高尔基曾对年轻的戏剧家们说："当您想到创造一个舞台上的人物时，他的每一句话、每一个动作的意义，就该是绝对明确的；使得观众能像对一个活生生的人一样，卑视他、憎恨他，或者爱他。"于是他举了《厌世者》和《伪君子》做例子。当一九一二年《小市民》在艺术学院出演的时候，这剧本并不使人冷淡。

在这作品里有一个人物——最重要的——没有出现在每一幕里，但他却在每一个插段里、每一节对白里，以及剧本中所有的纠纷里，都使人感到他的存在，这就是高尔基自己。他那浪漫的兴趣使尼尔这样的人物生动化，他用锐利的眼光探究"小市民"的事实和举动。高尔基戏剧的题材，是给俄罗斯革命前最后几年的生活划分了界限，但依然是引我们向着未来，使我们窥见一个光明的天际。

那是他最有名的剧本《夜店》（一九二〇年），惊人地显出了高尔基的特色。

它是他的胜利。《夜店》没有离开艺术剧院的戏单，它超过了所有别的剧本演出的次数，成千的西欧观众曾看过艺术剧院演出的《夜店》。在西欧各国最好的剧院曾演出这个剧本，它是侧身于国际剧院的宝库之中了。

《夜店》不是喜剧，不是话剧，也不是悲剧，虽然剧本身包含了所有喜剧、话剧和悲剧的成分。这些"幕"是从全世界人民的黑暗舞台上拿来组制成的一个戏剧。最初，这剧的命题曾是《在生活的下层》。那里，在夜店里，只看到在生活中遭了难的人物，一个从前的子爵、一个从前的公务员、一个从前的演员、一个工人、一个从前的职工，这些人物中，你还可以看见一个流浪汉、一个贼、一个妓女，这些从前的人，同着他们那可怜、龌龊而卑微的生活，在夜店的墙的那边，无休止地过着日子。

这些被贫困、不幸、邪慈、罪恶所引诱着的人，会不会走出那夜店的墙呢？他们能够从黑暗的下层，回到上面来吗？

不能。当描写夜店、居民、贼、职工的一个现实的画像时，高尔基严厉而肯定地回答："这些人将脱不出'下层'。"

这个剧本因那简洁的语法和它的结构而显得精彩，简洁的语法又包含了铁一样合理的论证，更使暗黑的颜色加浓了：在这里，毫无出路!

如果现实主义的高尔基的颜色是更暗黑的话,那么浪漫主义的高尔基的快乐是更坚强而有力的。

剧本的名字设若是另一个,那将是一个相反的意义。它可以包括在"人"一个字里。

这剧本使人感到在现代生活下,人的"非人类行为"的辛酸的苦痛,以及对于那些把人推到下层去成为"影子的影子"的人们的愤怒。

在人身上比任何东西更有力的,那是他复活的心愿,他改造的禀性。跌落在下层的高尔基剧本的主角们,热情地希望走出这个死气沉沉的人群。

一个从前的演员,他已经忘记了他演过的角色和台词独白,只还记得贝昂才(法国诗人)《疯子》里面的四行诗:

先生们,在我幸福的轨道上徒然的,
找寻他们的路。
光荣给予那疯子;
他宁爱一个幸福的梦,与其人一样的幸福!

不管人类对于每个未来,只是一个幸福的梦,可是高尔基对我们说:人毕竟还能有生存的快乐和改造的可能。

人的命运也不单单存留在梦里,他包含在他所具有的真实的、无限的创造源泉里。

剧本的主要思想从另一个人物的语句里找得到它的回声——沙丁——也是一个从前的人:"人是自由的,人,那便是真实……一切都在于人,一切都役于人……人!这是了不起的,这名字骄傲地响着。"

转向人的未来,这诗的浪漫的声调,把从前的人的戏剧带到现实的表白。

高尔基曾在一篇题为《关于戏剧》（一九三三年）的文里说："我们为人类真正的幸福战斗着，这幸福只有消灭了嫉妒、贪欲、憎恨这一切原因之后才会可能；我们坚决地相信，这些原因是可能而将被消灭的。"

这几句话可以作高尔基十七种剧本的题词，最后一个剧本《V.瑞莱斯诺伐》是在作家死后一年（一九三六年）出版的。

高尔基的戏剧作品里，有一种积极的人道主义。不管在他哪一个剧本里，取材于工人生活（《仇敌》）也罢，知识分子（《太阳的孩子们》）、资产阶级（《苏可夫的家》《E.蒲里苏》）或贵族（《最后的人们》）也罢，斗争是向着人类自己的人性而进行的。为了这个原因，高尔基的剧本，丰富像风俗画，包含着这么多的从俄罗斯下层生活里取材的人物，但还是被全世界的观众所了解、所爱好。

在他好剧本之一的《仇敌》（一九〇六年）里高尔基把一九〇五年革命以前俄罗斯的一个工厂里的罢工放在我们面前。在这个斗争里，高尔基决断地站在工人这一边，要懂得是什么东西推向他到这一边的，只须审查一下他的工人们——从老的洛夫希以至年轻的伊阿斯沙夫——这些是很简单的俄罗斯人，但被人类高贵的情感所激励着。洛夫希说："一个戈贝把所有的人都束缚了。在这个世界，戈贝用着它响亮的声音，对每个人说：'爱我就像你爱你自己一样。'在他的思想里，戈贝之束缚人们，不单限于'下层人'，它也束缚'上层人'。这些人和那些人都需要从戈贝的卑贱权力下解放出来。"

对于洛夫希，高尔基叹息被"戈贝"所吞没了的人类精力的浪费。

在《E.蒲里苏和别人》（一九三二年）里，高尔基表现了一个终生从事无意义的"戈贝"企业的有才能人的戏剧。实在，这些"幕景"造成一个真正的戏剧。意思是这样：在他生命快终结、接近死的时候,商人E.蒲里苏才懂得他"并不是居住在一条好路上,我是倒在陌生人家里"。他开始憎恨这条"陌生路",它把他缚在"戈贝"上,狭隘而无趣的生活里。他憎恨这条不曾给他生命的渴望以抚慰的"陌生路",它剥夺了他能够得到阳光薰照的广大而自由的场地。

高尔基特别仔细地去描写这些悲剧的人物。蒲里苏是一个富商,以他的社会地位来说:对高尔基是生疏的。但高尔基用了他那作家的洞彻,认识并指出这个人曾具有怎样强烈的意志,有怎样热烈的生命之火燃烧着他。可是,什么都完结了,浪费了!高尔基不怜悯蒲里苏,但指出了人类的才能,在这个人身上曾是这样浪费了的。"这曾是一个人!"哈孟雷特这么说到他的父亲,"他原可以怎样做一个人!"在蒲里苏的坟上,高尔基带着愤怒说。

高尔基以"家庭戏剧"(《小市民》《最后的人们》《苏可夫的家》《老汉》《E.蒲里苏》等)的形式,开展而转移到广阔的社会戏剧;虽没有走出房子的狭小圈子,但高尔基一直知道在这座房子里插入那些淹没了整个社会生活范畴和社会阶层的大事件。在他的戏剧里,真实的行动限度大大地超过了纯粹的戏剧限度。就这样,小市民尼尔——诺夫格洛一家正比拟出了他那个时代、他们的风俗习惯、他们的思想、他们的意志,俄罗斯和非俄罗斯的市民层。

同样,在《最后的人们》里,作者带着这样深刻的程度叙述警察署长郭米赛夫一家的生活,和浸没在那贫乏的、破产了的道路里的行为。

高尔基的剧本没有分成"幕",就像在他的短篇小说里,他宁爱构成那戏剧的环境。他以为——在这一点上,他从没有错——这就是生命的气息,被作家忠实地抓住,而美妙的、重现的,是这样的戏剧化,这恰恰是他生命的气息含有的行动同了它所有原因的深度、条件的错杂和充满了的明确与自发的戏剧结果。

高尔基以为,首要的是忠实地表达生活的声音,就是这使得他的人物的语言有着生动的力量。

事实也是:他们说话、他们行动,他们的话启发观众对思想、情欲、性格、习气、本能和贪婪的斗争。

"戏剧要求它每个生动的单位被他自己的话和他自己的行为,不用作家的吹嘘而有他的特性。"高尔基在他的《关于戏剧》一文中曾这样说,"戏剧里的人物,纯粹是从他们的说话中创造的,就是说,纯粹是从那说话的语言而不是描写的语言里创造的,必须每个人物的语言,愈是绝对地属于他自己的,愈生动也就愈好。"

这便是戏剧家高尔基的说法,他的戏是可以闭着眼看的。

高尔基的戏剧语言正如他的故事和短篇小说,一样的新奇、丰富而有光彩。高尔基对于所有俄罗斯方言的音调是敏感的。可是,这些语言的特别色彩,在他作品里从来没有控制过戏剧语言的声音。高尔基是一位"语言"的戏剧家,按照"语言"这词的意义来讲,是最恰当的,他是最好的戏剧语言家奥斯特洛夫斯基的继承者。

"世上没有一个名称不是包括在一个字里的。"高尔基曾说。

并且,同样的,行动也包括在字母里。

在高尔基的作品里,戏剧里动词的行动是特别有力的,当他用以表白他所珍贵的放在他人物里的思想、行动力量的时候。在《小市民》里的尼尔或《夜店》里的沙丁说的许多话,唤醒观众的思想,并在观众的感情里引起回响,使人得到一种特别的力量。在那里面可以感到高尔基的性质,一个有丰富感情生活、真正是人的勇敢战士。

因为这样,高尔基的戏剧作品和他的短篇小说,实在可以构成同一的篇名:《海燕之歌》。

L. 安特莱夫在他给高尔基的信里说:"怎能够预报暴风雨的到

来,并且召唤暴风雨在您后边跟着来。"

这"暴风雨的召唤"是高尔基现实主义戏剧作品里浪漫的指导主题。

高尔基不单单写了十七个剧本,他还创造了一个美学和伦理学合而为一的这样一个倾向的剧院,这就是俄罗斯人民大众的剧院,假使您不和高尔基的戏剧作品熟识,不听听他的人物的说话,您便不可能懂得现代和不久之前的俄罗斯。在这里,高尔基完成了被格里蒲哀朵夫和果戈理所曾开始,奥斯特洛夫斯基和契诃夫所曾继续的作品。

高尔基的《小市民》和《夜店》,是俄罗斯戏剧的名著,和奥斯特洛夫斯基的喜剧,契诃夫的话剧是齐名的。

和契诃夫的戏剧一样,高尔基的戏剧,从它的本质来说,完全是俄罗斯的,但对于所有的文明国家的观众是一样的需要和珍贵。因为他的全部戏剧作品,是对人给人类创造新的光明未来的一个召唤。

(《晋察冀日报》1946年1月20日、21日)

介绍文学巨著《战争与和平》

[苏] H. 古舍夫

列夫·托尔斯泰的伟大巨著《战争与和平》分部出版于一八六八——一八六九年。

这部著作头几部分的出现就得到了轰动社会的声望。"我们回忆不起,"《声音》报在当时写道,"什么时候,无论怎样的艺术作品,在我国的出现,有像现在托尔斯泰的小说出现一样引起人们那样狂热的兴趣……这部著作销售之快是令人难以置信的。"

从那时起,《战争与和平》就成为俄罗斯人民最爱的书了。

在苏联人民反对法西斯壮烈斗争的时日,列夫·托尔斯泰的著作更显得特别有价值。

"《战争与和平》,"诗人 N. 吉洪诺夫说,"大概从未有像现在一样为读者所重视。"

这部著作主要内容是俄罗斯人民在一八一二年反对拿破仑军队的祖国战争。全部作品的总精神是热烈的爱国主义情绪,俄罗斯人民的坚强力量的信心,同被击溃了的而且从自己国土上驱逐了的外国强盗作斗争的同心协力。

《战争与和平》创作的历史简单地是这样的。

一八五六年从西伯利亚返回了一八二五年十二月十四日彼得堡起义的参加者,在西伯利亚度过十三年流放生活的十二月党人。这时,在托尔斯泰的头脑中出现了一个思想——写一部十二月党人的小说。这一计划的进行托尔斯泰着手于一八六〇年;在这一年,他完成了描写流放的十二月党人回到了故乡的作品的第一章。

考虑了小说继续写作的工作,托尔斯泰看出在描写一八二五年起义之前，他必须先写自己的英雄，一八一二年战争参加者的青年时代。谁都知道，十二月党人大多数是军人，而很多是一八一三——一八一四年同拿破仑在俄罗斯国外远征战争中的参加者。这里，托尔斯泰就必须在自己的作品里写进一八一二年战争。然而一八一二年战争是与俄罗斯同拿破仑第一次战争有联系的。这样，托尔斯泰决定小说的开场从一八〇五年战争时期开始。小说的第一部分就是如此，并题名为"一八〇五年"。

托尔斯泰最初描绘的作品并非我们现在所看到的那种容貌。起先，托尔斯泰想从拿破仑战争时代历史事件的基础上写一部家庭小说：历史事件只是作为开展小说场面的背景。

为着正确地描写历史事件、生活状态与当时的风俗习惯，托尔斯泰沉醉于历史材料的研究里。"当我写历史作品的时候，"他在一封信中写道，"对于可靠事实的最小细节我也是爱的"，"在我的全部小说里，历史人物的说话与行动"。托尔斯泰在《战争与和平》"起因的几句话"一文中说："不是我想出来的，而是根据材料写的，在我写作时期，我研究的材料组成一个图书馆。"

随着历史材料研究的深入，托尔斯泰改变了，而且再进一步研究了创作计划。

一八六五年三月十九日，托尔斯泰在日记上写道："现在，要做一件伟大事件可能性的意识与欣喜，写一部心理历史——亚历山大与拿破仑的故事——的思想，像云雾似的围抱了我。""一切丑恶、一切枯燥议论、一切愚蠢，充满在人与人之间及人们自身的一切矛盾是他要描写的。"亚历山大一世，特别是拿破仑被作者放在作品中的主要人物之列。

然而小说计划这次的改变也不是最后的。托尔斯泰对于一八一二年祖国战争进行更深入的研究，他确信这次战争中的英雄不是拿破仑，也不是亚历山大一世。真正的、名副其实的一八一二年战争的英雄是俄罗斯人民。这是他，俄罗斯人民用自己的力量打败了拿破仑的六十万军队，从俄罗斯国土上赶走敌人，并医治了战争加于祖国的创伤。于是，俄罗斯人民就成为托尔斯泰人民历史史诗的主人翁了。俄罗斯人民同法兰西侵略者的战争，就成了全部作品的主要内容。"我加意写人民的历史，"托尔斯泰在《战争与和平》写作起因草稿中说，"要写好作品。"托尔斯泰对夫人说："应当对作品中的主要、基本的思想有热爱。是的，在《战争与和平》里，二十年战争的结果，我是爱人民的思想。"

这种基本的"人民的"思想渗透到托尔斯泰全部伟大的著作里。

一八〇五年，俄罗斯同奥地利联盟反对拿破仑，俄军在奥地利驻扎，这就是小说的开场。托尔斯泰描写了这一战争的两场战斗——射恩哥拉本战斗与奥斯特里兹战斗。发生于一八〇五年十一月四日的射恩哥拉本战斗中，五千俄军在巴格拉齐翁将军指挥下同牟拉指挥的三万法军交战。这场战斗俄军获胜。托尔斯泰带着很大的热爱描绘了巴格拉齐翁的肖像，他感到这是自己最爱的历史人物之一。巴格拉齐翁在托尔斯泰的描绘下是大无畏的勇士、富有经验的司令官，而且是那时候直爽而谦虚的人。在战斗当中，部下请求他离开危险地带，他并没离开；经过排列的队伍，他问谁的炮兵连，但是，对他这个问题，兵士们感到问的是别的问题。"他问：'谁的炮兵连？'"托尔斯泰说。实际上他在问："你们在这里不害怕吗？"士兵们懂得自己长官发问的隐匿的意思，并大胆而愉快地回答了他。巴格拉齐翁走在前面，指挥自己攻击法军的部队。

在托尔斯泰的描绘中，射恩格拉本战斗的主要参加者之一是炮兵上尉屠升。屠升——这是为伟大艺术家所描绘的最逼真而富有诗意的形象之一，这是永久停留在读者记忆里的、不能忘记的形象。

屠升——这是一个发着细弱的声音,动作是弱而且笨的身材矮小的人,但在战斗里是勇敢、大无畏,没有长官的命令他自己主动地烧了射恩格拉本村,这一行动决定了战斗的进展。屠升的全连——全连共四十人——同自己的长官结成了不能分离的一个健全的炮兵连。在战斗中,他们注视着长官,长官面部每一表情的变化即刻就反映在他们的面孔上。屠升不仅指挥部队,而且自己也直接参与了战斗。在屠升炮兵连猛烈地轰击下,法国人认为这里就是俄军的中心,于是把他们炮队的火力转向这里,屠升炮兵连四十人损失了十七个,但炮兵连直到战斗的结局还是如托尔斯泰所说:"愉快而活泼。"

托尔斯泰描绘的一八〇五年战争的第二场战斗,就是一八〇五年十一月二十日,发生在奥地利的奥斯特里兹村的战斗,联军(俄军与奥军)失败了。失败原因,一方面是俄皇亚历山大一世与领导奥军的皇帝佛兰查的失败的图谋,而主要原因却正如《战争与和平》中主要英雄之一安得来·保尔康斯基郡王所说的:"我们在那里打仗不是为了什么,而是希望快快地离开战场。"俄军同法军在异国的土地上作战,大家不知为了什么。

俄罗斯人民与俄罗斯军队爱国情绪的真正提高开始于拿破仑军队侵入俄国之后。拿破仑军队于一八一二年六月二十四日侵入俄罗斯国境——这之后经过一百二十九年,就在一九四一年六月二十四日的前两日(六月二十二日——译者)爆发了希特拉匪徒进攻苏联的战争。但是,正如一八一二年战争时当代诗人F.葛林卡所说:"拿破仑能征服的只是土地,而不是人民。"

在祖国危急的日子里,托尔斯泰认为,当时"决定了祖国生死存亡"的是俄罗斯人民表现出的高度的爱国主义。"对于所有俄罗斯人民,"托尔斯泰说,"那时的希望就是从俄罗斯赶走法国人并消灭其军队。"全体人民只有一个目标:从侵略下扫清自己的土地。这一目标在军队与人民之中是完全一样的。为法军侵占的所有人民与村庄，从斯摩林斯克到莫斯科，发生了完全相同的现象。"一俟敌人逼近，"托尔斯泰说，"居民中富有者丢下财产逃去，穷人则留下来烧毁着遗留下的一切。"

托尔斯泰给我们描绘了这样一幅图画：拿破仑向莫斯科行进，停立在波克隆那山上，长久地瞭望了那奇丽的古都，而后转向自己的侍从，下了命令："□□们把大贵族带到我□□来！"他以为这些贵族也像在为他征服了的西欧一切大城市一样，从莫斯科出现欢迎他的最有名望的代表团，把莫斯科交给他，并承认他为君主。将军们立刻奔驰去执行皇帝的命令。过了两个钟头，他们奔跑回来，带着最大的困惑报告皇帝：莫斯科是空城，城里没有贵族，因此，没有什么代表团。拿破仑同自己的侍从进了莫斯科，没遇到任何人，也没有什么人欢迎他。"对于俄罗斯人民，"托尔斯泰说，"在莫斯科的法国人统治下不是好还是不好的问题。法国人的统治是坏过一切的。"

俄罗斯人民对于侵略者就是这样的。

随着法军的前进与俄军退却的程度，敌军破坏与掠夺俄国的程度，在俄军中更激起了对敌人的痛恨。退却没有减少，相反，却加强了俄军的反抗强暴的力量。

安得来·保尔康斯基郡王在保罗既诺战斗前的一个夜里，对自己的朋友彼挨尔、伯素号夫说："法国人毁了我的家，而且又来毁莫斯科，他们每秒都侮辱着我，而且还在侮辱着我。他们是我的敌人，我认为他们都是罪犯。齐摩亨（营长）与所有军队也是那样想的……假如他们是我的敌人，那就不能够是我的朋友……他们掠劫别人的房子，发行假钞票，而最坏的，是他们杀害我的小孩、杀害我的父亲，他们还讲战争法，还说对敌人宽大。……战争就是战争，不是儿戏。"

保罗既诺战斗中,所有俄军的士气为彼挨尔、伯素号夫在莫沙依斯克遇到的一个受伤战士很好地表达出来。这士兵对彼挨尔说:"他们要用全体人民攻击,一句话——莫斯科。他们要做一个结束。"

一八一二年战争中人民的代表人物,人民情绪与意志的表现者,托尔斯泰认为是俄军总司令库图索夫。库图索夫对于托尔斯泰显得高贵而亲切是有很多原因的,因为他是俄国人,"他的唯一真挚的希望是法国侵略者的毁灭";因为他在保护俄国人的血,他说,"为着十个法国人,他不交出一个俄国人";"因为亚历山大皇帝一世,违反了自己的愿望,顺从了全军的呼声任命他做了俄军总司令"。库图索夫——托尔斯泰认为他的自我牺牲与自觉在历史中,对于未来事件的意义,也表现着卓越的范例。他处理事件中那种越群出众的洞察力的源泉,托尔斯泰看到"就在他带到自己全部才智与力量中的那种人民的情绪里"。

在那时,库图索夫的性格也给予托尔斯泰深深的好感。拿破仑则是相反的对照,他说话时是高慢的、演剧似的,他努力要用自己每句话引起效果,自己觉得非常满意。库图索夫说话则是简单而自然,一切的吹嘘、高傲、奸险,他是憎恶的。托尔斯泰认为库图索夫是"普通而谦虚,同时是真正伟大的人物"。

虽然保罗既诺一战,俄军一直退到莫斯科,但库图索夫认为获胜的还是俄军。列夫·托尔斯泰也是这样看保罗既诺战斗,他认为这场战斗是"俄罗斯军队最好的光荣"。拿破仑带着完全胜利的信心开始了保罗既诺战斗,但一天半工夫,对胜利的信心已开始动摇。拿破仑看到战争的发展全然不按照他的意志与习惯。"从各方面,"托尔斯泰说,"副官不断地奔驰着,他们所说的完全是一个样子。大家都请求增援,大家都说俄军坚守自己的阵地,而且进行着凶猛的火力打散法国军队。"

列夫·托尔斯泰带着抑压不住的民族的□激的感情宣示，"不是那种战过而且还站着兵士的那个空间所决定的胜利，而是使敌手信服在战斗中自己的士气是低于对方的那种胜利，就是在保罗既诺战斗中俄军所获得的那种胜利"。不能医治的致命伤是给予法兰西侵略者了。保罗既诺战斗的直接结果，托尔斯泰认为是以后发生的事件：拿破仑莫斯科幻想的毁灭，法军沿着破坏了的斯莫林斯克道路的逃跑，六十万军队的溃散与拿破仑法兰西的崩溃。

托尔斯泰也很注意地描绘了游击战争。游击战争——这是真正的人民战争，这种战争引起托尔斯泰特别的同情。

托尔斯泰描绘了十二年俄罗斯游击队的典型。这种典型，第一名就是未来的十二月党人瓦西里·皆尼索夫军官。他是游击运动积极分子，坚信为了能同拿破仑作斗争"只有一个方式——游击战争"。无论在敌人面前、在统治者面前，他决不软弱，在战斗中是大无畏的。他严责那些在枪弹下畏缩的部下："畏缩在那里的是谁呢？容克尔·米罗诺夫，不好！请瞧瞧我。"另一个是游击队员多罗和夫军官，骁勇的英雄。他穿了法军制服，潜入法军军营，打听清楚他要知道的一切，随后就用自己的小部队攻击法军，很多次都取得胜利。最后一个，就是斯摩林斯克的农民齐亨·舍尔巴德，"游击队中最有用而英勇的人"。这是不愿忍受法军蹂躏的俄罗斯农民的代表，为了消灭"世界的恶霸"，他们拿起了武器。

拿破仑说俄国人不是按着法规进行战争。托尔斯泰不反对此说，并认为不仅是游击战争，而且一八一二年所有战争也是越出战争法规的，因为这是人民的战争。不管拿破仑战争越出法规的申诉，托尔斯泰说："人民战争的棍棒以自己所有的□□与伟大的力量举起来，虽然是简单，然而是合乎目的，他不管任何人的趣味与法规，一直要把侵略者牵扰，攻袭到完全消灭为止。"

托尔斯泰自己也直接地说："对于时刻在忍受灾难的人民，不同欺压他的人讲什么法规，简单而容易地举起顺手找到的一根棍棒，用它打到自己心灵中的侮辱与仇恨不能用轻蔑与怜悯所代替的时候，也是好的。"

托尔斯泰以稀有的力量在自己伟大的作品里反映出俄罗斯人民对民族自由与独立的特有的爱情，准备为它付出重大损失与牺牲。在苏维埃人民同法西斯进行英勇斗争的时日，托尔斯泰天才的作品就显得更其伟大、更其珍贵了。

玛莉剧院名导演Y. 萧达科夫谈根据《战争与和平》写成的剧本《一八一二年祖国战争》在观众中的映象："为L. 托尔斯泰写出的对俄罗斯人民伟大的爱，又重新激发了今天苏维埃演员的爱国主义……观众发出巨大的喝彩声与鼓掌声，以致剧的表演与一八一二年英雄们的谈话不得不停止下来。据观众的评论，□们看见与听见的似乎在表演我们与我们今天的爱国战争。"

不久，捷克斯拉夫外务大臣马沙里克在奥托树城（在加拿大）发表演说："诸君多有读过托尔斯泰的名著《战争与和平》。这部书里，诸君看见的即是人民战争。俄罗斯过去知道怎样消灭拿破仑的恐怖，今天苏维埃俄罗斯也知道如何消灭法西斯的侵略。这就是过去反对、今天也在反对着侵略者的俄罗斯人民的不朽精神。"（一九四二年三月七日《真理报》）

托尔斯泰在自己最后一部作品里引证了古罗马演说家齐却隆的如下的名言："没有什么比对人尊严的侮辱更痛苦的了，没有什么比奴隶更卑下的了。人的尊严与自由是天赋的，我们要保护它，或者带着尊严死去。"

所有托尔斯泰的著作，都灌注了这种对民族自由的爱与保护自己人民尊严的神圣憧憬。托尔斯泰不朽的著作的研究与学习，不仅对苏维埃人民,而且对一切爱好自由的人民,对全人类以全力消灭威胁世界自由与民主的法西斯主义的今天,是有特别的教训与利益的。(郭竞天译于苏联"国立儿童出版局"出版《战争与和平》历元译出)

(《晋察冀日报》1946年4月14日,《每周增刊》第11期)

我们的《真理报》

K. 西蒙诺夫 作 罗焚 译

本文是康士坦丁·西蒙诺夫为《真理报》出版一万期纪念而作，发表于一九四五年九月二十五日的《红星报》，文中对怎样做一个优秀的记者，和《真理报》在伟大的祖国战争中怎样英勇无畏地工作，均有所提及。对于报纸工作者，我想是有帮助的。

——译者

常常是这样，我们不大思考很平常的字的真实的意义。我们每天照例要翻开报纸，在报头上有两个字——"真理"（按联共中央党报——《真理报》的原名应译《真实报》，此处仍按习惯译为"真理"，但文中许多地方仍译"真实"——编者）我们不大在这个名字上用脑筋。但除此而外，很难找一个更简单的、更有力的、更正确的字来作这个报纸的名字。

就同任何报纸的同人一样，《真理报》的同人，也是由各种各样的人们组成的：作家、新闻记者、通讯员、访员、艺术家、摄影师。但是印在这报头上的两个字——"真理"（真实）团结了所有这些，经常是各式各样的人们，树立了共同的方向、共同的原则、共同的工作作风。

在我们的生活中，在最大的和最小的事情上，真实都是重要的。我们是地球上的最坚定的真理追求者。我们把整个生命，都献给那为了真理与正义而在地球上获胜的斗争。

于是，自然而然的，毋庸置疑的，我们联共（布）党中央委员会的机关报，就只能是而且也应该叫作这唯一的两个字——"真理"。

但是，大的真理（真实），是由许多小的真理（真实）堆积起来的。因此，在一切的情况下，寻找真实——首先是真实而且只能是真实——成了每一个在《真理报》工作的人的无条件的前提。即使这是登在报纸最后一版上的一小条新闻纪事，或者，这是在莫斯科外围战的严峻的日子里，一篇很认真的估计局势的社论——一样的，归根结底总得合于一个相同的原则性的标准：这应当是真实的，从头到脚都是真实的。

在保卫祖国战争这样艰难困苦的条件下，在前线的条件下，追求真实，想要精确地和客观地阐明一切细微末节，是困难的而且常是危险的事情。为了真实地描写战争，便需要亲身看见战争，而为了要亲身看见战争，便需要经受战争的最直接的参观者——前线上的兵士和军官——所经受的同样的危险。

对于《真理报》的战地通讯员，无论有着什么样的困难，要想直接弄清楚一件事情的真实情况，是他的永远不变的特质。

《真理报》给了自己的通讯员们一些高尚的和困难的任务，这些通讯员当中，有不少人已经在战场上英勇地牺牲了。关于每一个死者，都可以写上很多很多的，但我现在首先想到了两个人——两个很不相同的人，甚至他们的职业都是各异的。但是他们在前线上所共同代表的一个报纸，以及他们共同的行动作风，永远联系了他们。这就是世界闻名的作家叶夫格尼·彼特罗夫和我们最著名的摄影记者之一——米哈衣尔·加拉式尼可夫。

在战时，我不止一次地同他们两人碰过头。这两个人是完全不一样的，但《真理报》记者特具的共同的特征结合了他们。首先，这是很认真的两个人，永是认真地思考一切，为自己的每一句话、每一件工作认真负责。如果用办报人的话来说，这是干练的，具备着锲而不舍的精神的、坚强的人物。

我记起在卡累利亚前线上,我亲眼看见叶夫格尼·彼特罗夫同战士和军官好几次的谈话。他从来不寻找皮相的感觉,不追逐不切实的谈话的平易的印象。他,《真理报》记者,首先想知道的是真实。吹牛皮的,或者真正勇敢的,但却喜欢夸饰自己的功绩的人,都不能够欺骗他。

彼特罗夫善于在人里面发现最重要的、真正的和生活的真理。有时候,在他忍耐着听完了一顿夸夸其谈之后,他说:

——不,我不写这个人。

相反地,他却有耐心在一个沉默的、不大会讲话的人那里,花好几个钟头,仔细地听完各种各样的,仿佛是最琐碎的一些细节,而感觉这个人是真正的英雄。他无论如何要发现真理,而且用最细密的精确性去阐明和表现它。

除去这个出色的人和作家的积极性而外,在他的工作里,使人强烈地感觉出他曾经经过了一个长时期的业务训练;感觉得出他在《真理报》工作了很多年,这个工作使他学会了正确地处理问题,有了责任感和义务感。而这些,是他认真工作得来的。

当我论述着《真理报》的同一时候,我想起了米哈依尔·卡拉式尼可夫,他是一个摄影记者,这个人总是,首先是以一个共产主义者、以一个肩负着一个巨大的报纸的人的态度对待自己的事业的。整个国家都知道卡拉式尼可夫拍的照片。这些照片总是极细小的地方都是不做作的,都是在真正的战斗环境下拍制的。

摄影记者的职业,是一个复杂的职业。它要求灵活,要求善于适应环境,要求给人们拍照的时候,善于估量这个地点和时间是否合于报纸的需要。

卡拉式尼可夫善于正确地和毫不讲价钱地完成报纸的一个任务。

他会在最复杂的情况里，保持自己高度的自尊心，因为他感到自己是一个报纸的代表，而这个报纸，无论他和谁谈到它，都不能不尊重它的。

《真理报》的战地访员，在战争初期的严重的日子里，在危急的时刻，都是留在报纸所指定给他们的岗位上。而报纸本身，在一九四一年十月和十一月的严峻的时日里，当远处的炮声达到莫斯科的时候，它还是泰然自若地守在自己岗位上，还是在先前那道街上，还是在我们大家都熟悉的那幢房子里。前线靠近莫斯科了，在这些日子里，《真理报》距离最前线，比别的时候的任何战地报纸都来得接近。炸弹就在街对面爆炸；烧夷弹落在印刷局的屋顶上，爆炸震动得每一个编辑室里的玻璃往外飞。但是，《真理报》出版着。

我把这些秋天的和冬天的日子记得很清楚，在这幢房子里，除去《真理报》而外，还有着其他几个中央报纸。去前线的访员们，只要五十分钟、一小时、一个半小时，就可以到达最前线；有时候，在一昼夜内，他们跑去前线两次。轰炸没有停息过，但是，每一个办公室仍然亮着这般安静的灯光，在规定的时间仍然一点不差地出着整版整版的报纸；仍旧是这样精细，报纸的每一页都要经过校对员和编辑的好几次校对，因为，真实不仅在巨大的事件上，在细小的事情上也是重要的。

这幢出版报纸的房子，对德国人充满了轻视。这证明了：战线的迫近和希特勒孤注一掷的进攻，都丝毫不能改变编辑部的任何习惯以及任何共同的工作作风。报纸充分地□表了关于战情严重的真实的字句，关于德国人的进攻，关于德国人向莫斯科的逼近，但是，报纸本身却这样泰然自若地出版着，好像它离开它住的房屋有一千公里似的。

一定的，经过二十年或三十年以后，我们会以这样的兴奋和尊敬翻阅一九四一、一九四二、一九四三年这一时期的已经发黄的全部《真理报》，就如同我们现在翻阅一九一七、一九一八、一九一九年的全部《真理报》一样。报纸上的许多事情都过去了，许多事情今天活着而明天就会死去的。但是，报纸是公正的，当它清楚地、正确和勇敢地反映了自己的时代的时候，它自己就是一部历史。

在战争日子里，《真理报》的每一页都呼唤人们奔向战斗，告诉人们——"坚持！""不要退一步！""不停息地前进！"日复一日地讲说士兵的心上所需要听的全部东西。《真理报》的每一页都将成为伟大战争的年代记——这是没有疑问的。

《真理报》出版一万期了。在这一万期中间，有一千多期是在祖国战争的年代中出版的。所有我们经历了这个战争的人们今天都想说：这不是简单的一千多期报纸，这是各种最不相同的人们——作家和排字工人、访员和校对员、编辑和摄影师、汽车夫和机器工人积极劳动的成果，这是巨大的、正直的、勇敢的集团的劳动成果。

如果说，这几年中的全部的《真理报》，是伟大战争的一部历史，那么，战争年代中的《真理报》的工作本身，也就是这部历史的一部分，而且是很重要的和不可分割的一部分。

(《晋察冀日报》1946 年 4 月 21 日)

苏联文讯

熔炉 译

一

苏联作曲家和指挥者、苏联国歌作者、苏联人民艺术家、红军歌舞合奏的创始人和领导人、斯大林奖金的获得者亚历山大·亚历山特罗夫教授刻已逝世。

亚历山特罗夫教授享年六十三岁，他献身于促进苏联音乐的发展凡四十年。他出身于利亚然·哥维尔尼的一个农民家庭，童年时代即以俄国民族音乐方面的卓著成就而知名于世，并且后来被容许去圣彼得堡音乐传习所去学习，在传习所他从俄国音乐巨人莱廉斯基·柯尔沙柯夫里亚多夫与加拉由诺夫那里学习音乐，亚历山特罗夫是以歌唱家与作曲家资格毕业的。一九一八年，他开始教学并成为莫斯科音乐传习所的教授。一九二八年在他遍游苏联全国与访问法国、捷克及芬兰之后，创造了著名的红军歌舞。他的新创造曾于战时流传于千里的前线上，成为红军的一些活动单位。这种歌舞合奏的艺术，将会提到更高的艺术水平上去。亚历山特罗夫教授是十分闻名的作曲家，《美人鱼》《生与死》交响曲，以及一百首以上的提琴与钢琴合奏长曲的作者。他最好的作品是一些红军歌曲，在那里最著名的是《神圣的战争》《斯大林之歌》以及其他曾荣获斯大林奖金的作品，由亚历山特罗夫所配的苏联国歌乐谱，曾获得全世界对此苏联首要作曲家的盛大的赞扬。

二

苏联最高苏维埃主席团顷以勋章颁授苏维埃杰出的科学院会员与

艺术家们。

　　荣膺列宁勋章的有科学院会员纳麦金,这是庆贺他七十寿辰与他在化学领域的活动及多年训练科学及技术人员的丰富成绩;乌克兰科学院会员戴恩尼克,这是纪念他在科学与工艺学领域的丰富活动;乌克兰科学院会员沃比利,这是纪念他在国民经济历史与发展乌克兰的生产力领域上的丰富活动。荣膺劳动红旗勋章者有乌克兰科学会员、尔沃夫人种学博物馆主任科勒斯,这是庆贺他七十五岁寿辰以及他在民间风俗学与人种学领域五十年来的杰出服务;苏联民间艺人卡西安,这是庆贺他五十寿辰以及他在发展乌克兰的绘画艺术创作领域上的杰出功绩。

三

　　爱沙尼亚科学院会员及爱沙尼亚最高苏维埃代表的爱沙尼亚诗人虑达斯·基拉刻已逝世。

四

　　苏联俄罗斯戏剧协会于四月二十四日演出波兰作曲家蒙宁斯兹柯所作之《失魂要塞》歌剧,在苏维埃歌剧史上演出这样的歌剧还是第一次。《失魂要塞》在波兰是很通俗的,它的好些曲调曾在波兰民族音乐中有着根深蒂固的基础。苏联演出此剧很成功,索菲亚的艺术博士里斯查在开演之前阐述蒙宁斯兹柯之音乐成就。

(《晋察冀日报》1946 年 7 月 15 日,《副刊》第 48 期)

论作家的业务

爱伦堡 作　刘群 译

　　爱伦堡繁忙而紧张地工作着。每天他至少要写两三篇文章给中央和前线的报纸，给外国无线电台。在祖国战争时期中，已经发表两部他的"战争"速写，一部《为了生活》的论文集，也出了一本《自由》诗集和《战争》诗集。这些书在外国是用多种文字出版的，在德国占领区它们秘密地销行着。

　　在记者工作之余，在百忙中，爱伦堡写了成本的短篇小说，这书在不久后就可以写完。

　　这位作家常常上前线，不过，就是他在莫斯科工作的时候，也和前方的人用私人的接触与通信来保持密切的联系。爱伦堡从前方的人们那里收到最大数量的信件，他们给他写出了对他的文章的反响，也描写了战友们的英勇业绩。

　　照例，爱伦堡每星期总要抽出一天给自己的读者写回信。有一天据统计他竟写了六十封信。

　　——作家、记者在战时的工作意义？——爱伦堡说——自然都已明白。在这次谈话中我想讲一讲作家的业务。

　　我们有许多青年人渴望着这一行，常常把他们的作品寄给我征求意见。

　　在旧时代，在革命以前，做一个作家是极困难而又吃亏的，那时人们走文学之路像是求取功绩，仅仅是有这种爱好的人才成为作家。而在我们这个时代，文学的业务却似乎是寻求轻快的生活与光荣。

　　初学写作的人，总想象一切都很简单。作家搜集材料，到什么前方走一走，看一看，听一听，记一记，然后转回来，像从森林里提出了菌筐子一样,选择一下,把所记下来的联接起来——于是他的小说就算大功告成了。

一个人,未曾感受过他们所写的东西,未曾痛哭过自己的作品,未曾经历过写作,是不能成为作家的。L.托尔斯泰在写《战争与和平》以前曾经作为一个战争的参加者体验了战争,而当他站在堡垒上的时候,他所想的不是小说而是战争。

文学是一种沉重的劳动。当写到我们一个英雄牺牲的时候,作家就深深体验到好像自己是正在死去一样。凡是作者所未曾感受过、未曾经验过的——都是劣等货,都是艺术、文学拙劣的代用品。初学写作者体验的东西有时只够两页,就把自己看成作家了。一种可怕的误解以为作家——是像百货商店一类的东西,作家是包写一切的人——这不是作家。

我们的青年往往不会表现自己的思想,他们的活生生的语言被一种定型的新闻公式,甚至为一些浮言滥调所充塞。在学校里应该就开始学会简短明了地说话和写作,显然,这是件难事,写五十行要比写一百五十行难得多的。所有的创造过程——都是不断地自我压缩过程,一定程度的感情是必要的。我无论多少次重复看我的作品——总能发现有可以删掉的东西。因此,我劝告写作的人叙述自己的思想要像打电报一样,每一个字都要付钱的。青年作家追求字数,在艺术面前和在读者面前都是一种犯罪。

我读了青年们的许多小说和速写,使我常常发生疑问:他们为什么写?他们的思想在哪里?作者想说些什么?平常事实的登记是不必要的,这是很明显的事。在每天见面的夫妇之间,总是谈些乱杂的家庭琐事,那倒还可以。但是,如果他们一个月才能见一次面,他们就只能谈一些最重要的事情了。作家应该把自己看作和读者见一次面,而不是和他们住在一起,因此他所要说的就应该是有意义的重要的事情了。事实和事件——就是表露给作家一种确信和凭证。

有人说我们缺乏钻研精神，是不可能有真正的艺术的。

(《晋察冀日报》1946年7月20日，《副刊》第53期)

现实主义与小说

[美] 哈瓦斯·法特斯

白朗德·怀特罗克（注）曾说过：小说比事实本身更能接近现实，这种说法看来似乎有着矛盾，但是我们可以用来解释现实主义和小说之间的问题。

首先我们谈到现实，在我们生活的现实当中，有着千万种事物影响着我们，任何的文学作品也无法包罗净尽的。纵使是一个彻头彻尾的、自然主义派的作家想要写下一个人的一天生活状况的一切详情，那就是用一万页也写不完，想把现实照它的存在情形用文字记录下来是不可能的，所以一个作者必须通过一个精密的选择过程，否则我们就无法讨论与了解现实主义与小说的关系了。

从这个观点出发，我们可以说文学作品就是世界分门别类的缩影，说一个作者写出真理，这是对的，但是，对于世界上的事实，某一个人认为是真理，别的人却认为不是，这是我们首先要认识的。

严肃的美国作家和严肃的苏联作家一样都在追求着真理，他们都在努力把他们活在其中的社会忠实地反映出来，他们两者之间的区别在于：美国作家是用一个浪漫化的辩证眼光来看世界，而苏联作家却是从辩证唯物主义的现实的逻辑出发。

围绕着我们的是如此广阔复杂的世界，使得这世界当中一些人迷乱恐惧，想要逃避，这些复杂的事实使我们需要专家的帮助，分析事实的专家、政治学的专家、科学专家等等。小说作者也是一个专家，他的专长是刻画每个个体，他选出一个人，找出推动激发这个人的基本力量，表扬出这个人的优点和劣点，然后赋予他一串冒险的事实，推到我们这个复杂的世界里来，当他的小说完成问世了，他的读者不只认识了其中的主角，同时也认识了推动主角的社会力量，并且在某些情况下，受这个主角的影响，而有所举动。

换句话说，小说家从现实当中选择出最重要的，然后辩证地反映出来，从客观的与主观的各方面，如此他就把一个或几个人物从混乱的现实当中显露出来他们的侧影。

德莱塞写的《美国的悲剧》——一本好的现代小说，他写了一个角色，软弱的，在他的性格上显露着美国小资产阶级的力量。当读者读完这本书，假如这个读者也是这种社会的一分子，他觉得对于他的生活比较以前他从现实当中所能领悟的，有着更真实更明晰的认识。

总之，人人都生存在现实里，但是现实是否被写出它的真实面目，抑或被改头换面成为虚伪的，只看是经由哪一种哲学罢了。

例如，罢工这个事实是存在的，客观的现象对任何人都是一样的，都可以看得到锁了的大门、公司的守卫等等；对于同情劳工的作者，就认为这种现实是工人要求生活权利英勇崇高的努力，对于反劳工的作者就认为这是扰乱社会治安的犯罪，中立的作者就认为劳工的行动很可赞扬，可是雇主的也很对。

现在我们的问题就是，这几个现实到底哪个才是真的？这些概念只有一个是真的，其余的都是假的了，如果我们科学地理解，应该是这样的。

所以我们得到这个前提，是否有一种科学能够剖析社会，能够剖析人的行动和他的环境的关系，如像酸液滴在金属上一样的显明？如果只认为人类社会的人类生活都是无政府的、偶然的、毫无意义的，那么这种讨论就必须马上停止了。假如我们相信有这样一种科学，那么，经由这种科学可以掌握了达到现实的锁钥，我们就要知道，究竟哪一个用这种科学武装得好一些呢？

由于苏联作家是用着辩证唯物主义这种科学的武器,我想对于理解社会的工具是远比我们高明得多。

一个作家想要说出关于美国劳工阶级的实况,在他开始之前必须再三考虑,假如他相信民主,他就必须写出一个在帝国主义范畴之中的民主;如果他倾向劳工,那他还要准备好接受报章杂志说他是共产党而加以的揶揄和责骂。

许多坚固的墙包围在美国作家四周,因此之故,在美国的许多作品中呈现着绝望与混乱,看不见希望和方法,同时许多作家感到反映现实成了几乎不可能的工作,他们相继表现着逃避,这使美国的文学作品——如我们所见到的——相当地衰退了。

和这种逃避现实的现象相反的就是苏联的小说,它们代表着的人们信赖生活,充满着希望与坦白去战斗、去热爱、去工作,这是美国作品中少见的。苏联的英雄都信赖生活,他相信人的能力可以征服环境,他相信苏联人民的力量能够克服仇敌。苏联的战争作家,爱伦堡、格罗斯门、西蒙诺夫·瓦西里瓦斯等等,都曾经描绘过战斗的人们的不朽的画面,而且他们对于战争有着惊人的逼真的写实。说的通俗一点,人们可以从他们的故事里嗅到火药气息;我们自己的作家也走进战场,可是愧不如他们,这主要是因为对于战争中的中心事实,人们如何杀、为什么要杀,把握得不如他们。

无论哪个国家的作家都可以把握住现实,但是作家必须有一种哲学的武装使他们能够理解,苏联作家有辩证法的唯物主义的哲学,他相信人是被各种力量所推动,他也相信人可以造成各种力量,他相信希望和方向,而不是无望的、混乱的,并且基本上他信赖人类,因此他能够创造出在人道主义的机构之中去战斗的英雄,并且能够从生活的不竭的宝藏和微妙的变化当中吸取那些基本的真实的事实,这将可

以促使人们明了这个世界，并且推动世界前进。（以梅译自《新群众》）

（注）白朗德怀特罗克（1869—?），美国作家，一九一九年曾任驻华大使。

（《晋察冀日报》1946年7月26日，《副刊》第59期）

我怎样工作

高尔基

本文为高尔基的一篇演讲《在全苏联职工会出版局编辑委员会扩大会议上的讲话》中的一节，全文共万余字，为速记稿。在这一节中，高尔基关于写作中的典型、语言等问题，给了十分简明、精辟的解释，兹特摘录于此，供我们文艺工作者参考。

——编者

（问题：你是怎样制作你的作品呢？）

我没有完全明白地理会到这个问题的意思。

（声音：关于集积材料等等。）

集积材料，大家都是一样。你在街上走，看见一个人物，它与一切人物有一些不同，你决不会注意到自己从前走过的人群的每一个人。你看见无穷尽的人，可是有两三个不知为什么惹起了你的注意。你的记忆抓住了这特别点，也许抓住了稀奇的或可笑的什么衣服，也许姿态，也许步态，也许面貌的特点。你自己是不明白的，而是机械地接收这些印象，把它们忘记了。但是当需要的时候，你的视觉的记忆就来帮助你，你从这些小印象的仓库中吸取你所需要的人物。这是集积经验之普通过程。我在生活经验中看见了，比方说吧，大概一千五百个僧侣，在我这里形成了不管怎样一个僧侣的表象。如果我需要写出一个僧侣，我就知道怎样描写他，赋予他什么特点，以便使他成为一个典型。典型是这类或那类人——小商人、僧侣、小市民等——所固有的许多个别特点之综合。文学家的专门观察力是发展着的。文学家看见得多些，因为这是他的职业。你们的一切能力都是从实际使用中、从工作中发展着的。文学家的观察的习惯，迅速抓住东西的能力,是同样地发展着的,如果你做这样的试验:叫任何一个人闭上眼睛一会儿,五秒后把眼睛睁开,你问他看见什么,什么东西落入他的视野。官儿们将看见得少些,而文学家将看见得多些,观察、研究、比较——这是文学家的事情。不论什么科学也是同样的情形,为了达到什么结论,成立假说,就必须试验。假说也是一种典型。任何假说下面都有成千的试验,并且从这些试验中才得到假说或理论。

有人提出了这个问题:我做不做计划呢?一般讲来,计划当然是有的,只是我没有把它写在纸上。

我感觉到你们有许多人特别注意语言,力图抓取新的发音,这是很好的。既然我有若干长处,那么我之有这些长处是归功于我看见了很多东西,经历了极其多样化的生活,经过了阶级组织的一切阶层,从下层社会起到上层的文雅的知识阶级止。当然,这帮助了我,然而在一些地方也妨碍了我。有一些东西是有毒害的,若干青年作家已经染上了这种毒害,特别显著的是标奇立异、追求奇特的语句构造。在某种意义下,文学作品应当像那些向小孩们讲述故事的年老的保姆们,它们的话语是流畅的。作家们的巨大长处,就是话语流畅而且简洁。

可以指出列斯科夫作为口语的范例,他掌握了惊人的口语的词汇,真正的美好的俄国语言的卓绝的知识。不妨向他请教,读一读他的《忘不了的天使》《入了迷的进香人》这类作品以及使用第一人称讲述的故事。

(《晋察冀日报》1946年8月30日,《副刊》第92期)